Le Bal

Du même auteur

Aux Éditions Les Escales

La Grande Roue, 2018. Pocket, 2019.

Même les pêcheurs ont le mal de mer, 2016. Pocket, 2017.

Aux Éditions Flammarion

Quand je serai grande, je serai vieille, 2015.

Aux Éditions Les Nouveaux Auteurs

Sang Tsigane, 2012. Réédition Pocket
sous le titre *Un jour, il y aura autre chose que le jour*.

À l'endroit où elles naissent, 2011. Pocket, 2012.

Aux Éditions Balivernes

Album jeunesse. *Noa, de l'autre côté*, 2010.

Aux Éditions Jacques André

Chambre 442, 2008.

Diane Peylin
Le Bal

Éditions Héloïse d'Ormesson

Roman

ISBN 978-2-35087-763-1

Éditions Héloïse d'Ormesson
92 avenue de France, 75013 Paris
www.editions-heloisedormesson.com

FSC
www.fsc.org
MIXTE
Papier issu de
sources responsables
FSC® C003309

L'éditeur de cet ouvrage s'engage dans une démarche
de certification FSC® qui contribue à la préservation
des forêts pour les générations futures.

Pour en savoir plus :
www.editis.com/engagement-rse/

À mes parents, toujours les plus beaux pour aller danser.

« L’homme ne devient homme,
n’acquiert un sexe, un cœur
et une imagination d’homme
que grâce au bruissement d’histoires,
au kaléidoscope d’images qui entourent
le petit enfant dès le berceau
et l’accompagnent jusqu’au tombeau. »

Le Vent Paraclet, Michel Tournier

1

Il marche nu. L'obscurité l'enveloppe. Elle n'a rien d'opaque. Elle glisse sur lui. Tout glisse sur lui.

La nuit est chaude et avec elle tout n'est que murmure. Les grillons, les herbes hautes, les pétales, les épines des pins, les tiges folles, les cailloux, les insectes de toute taille, l'écorce, les lavandes, la terre, le hibou, les algues, les branches et leur sève, les vaguelettes de la rivière, le vent infime, la mousse, le lichen, les chenilles, les racines et leurs cimes, les oiseaux. Tout n'est que murmure.

Il marche nu. Une cicatrice découpant son ventre. Du pubis aux pectoraux. Une longue ligne indélébile. Encore rouge. Encore vivante. Elle palpite.

Il sent les creux, le coton et les pointes du sol sous ses pieds. Rien ne le heurte, aucune douleur, même si ça taille, même si ça pique, tout le remplit, il savoure la moindre sensation. Il vit.

Il est arrivé tard à la maison. Il n'a vu personne. Tout le monde dormait et il n'avait pas envie de dormir. Morphée n'a plus aucune prise sur lui. Il a plus important à faire. Voir. Sentir. Écouter. Respirer. Il se concentre sur l'infime.

Il connaît ce chemin par cœur. Ces arbres, ces murets, cette mare, cette flèche peinte sur le calcaire, ces roseaux, ce panneau délavé, cette plage de galets, ces feuilles, ce courant. Il vient ici depuis qu'il est né. Il y venait déjà quand il était dans le ventre de sa mère. Et bien avant, quand il n'était encore qu'un rêve dans ses entrailles. Il est d'ici.

Il doit être trois heures du matin. La lune pleine dessine un ballon blanc au-dessus de l'eau. Il la regarde en haut, parfaite et lisse. Il la regarde en bas, reflet plissé et changeant. Le mouvement de l'eau la ride. Il la préfère ainsi. Imparfaite.

Il a mis quatre heures pour arriver à Lomet. Il n'a pas pris l'autoroute, il s'est arrêté sur un pont pour observer un saule qui faisait des ombres étranges, il n'a pas dépassé les soixante-dix kilomètres heure, il n'a pas allumé la radio, il a roulé fenêtres grandes ouvertes pour capter chaque son, chaque parfum, il a vu cette voiture encastrée dans un platane, il a pensé à lui, à elle, à ceux qui étaient dans cette carcasse, il a choisi d'en faire des miraculés, comme lui, il n'a pas touché au paquet de bonbons que Suzanne avait acheté pour son voyage, il n'a rien bu, rien mangé, déjà rassasié par la lumière de la nuit.

Il est maintenant les pieds dans la rivière. Cette sensation, il la connaît. De l'eau sur sa peau. Des milliers de fois, il l'a éprouvée. Pourtant, ça n'a jamais été ainsi. Aussi intense. Il en pleurerait.

Il en pleure. Une larme sur sa joue. Chute. Rejoint les milliards de gouttes. D'eau.

Robin scrute son visage trouble dans le miroir de cette rivière en mouvement. Elle lui donne des traits qui ne sont pas les siens. Lui dessine une moustache. Celle de son père.

2

Tu as été mon roi, mon idole, avec ta drôle d'allure, tes queues-de-pie au petit déjeuner, tes lunettes extravagantes, tes frasques, tes ongles peints, tes foulards léopard, tes gags à répétition, tes peintures érotiques, tes yeux dessinés de noir, ta liberté excentrique, tes grands mots avec tes grands gestes. Je t'aimais et je t'admirais, et je continue malgré tout.

Tu ne m'as pas prévenu. En même temps, si tu me l'avais dit je ne t'aurais pas cru. Comment croire un clown, un illuminé, un beau parleur ? Oserais-je dire un menteur ? C'est la première fois que je m'autorise à utiliser ce mot pour parler de toi, Alexandre. Alexandre, rien que ça c'est étrange. Pourquoi ai-je tant de mal à dire « papa » ? Alors que tu avais la tendresse, la disponibilité, les rires, les caresses. Tant de souvenirs avec toi, tant d'amour avec toi.

Hier, j'étais complètement sonné, seul, sans support ni soutien, puis des tas d'images ont défilé dans ma tête, toutes très belles, elles m'ont apaisé. Toutes très belles... N'importe quoi ! Voilà pourquoi je suis dans cet état : parmi toutes ces images, lesquelles sont véritables ?

Tu m'as commenté des centaines de tableaux, fait écouter des tas de disques, tu m'as expliqué les éclipses, les arcs-en-ciel, tu m'as appris à jongler avec des oranges, à lire les constellations, mais tu ne m'as pas préparé à ça, à ce moment où tout bascule, à la vie d'adulte.

Aujourd'hui je suis un homme de presque cinquante ans, et je me rends compte que je ne sais pas faire. Je n'ai pas les bons gestes, le verbe, les épaules. Je n'ai pas la posture solide, tout vacille tout le temps avec moi, c'est fragile. Tu as vu mon torse s'élargir, ma barbe pousser, ma voix changer, c'est là que tu aurais dû intervenir et m'expliquer au lieu de faire tes acrobaties, tes tours de passe-passe et tes grimaces. Tu croyais quoi ? Qu'en te cachant dans ton costume toute ta vie tu pourrais ralentir le temps ? Tu gobais vraiment toutes tes sornettes ? Le problème, c'est que moi je t'ai cru, j'ai cru qu'on pouvait rire de tout et tomber sans se faire mal, qu'on pouvait recoudre des plaies avec du fil invisible, que les larmes se transformaient en paillettes et que les cœurs ne cessaient jamais de battre. Pourquoi tu as fait semblant jusqu'au bout ?

J'ai vu un de tes chapeaux accroché au portemanteau en rentrant cette nuit, j'ai voulu le prendre et le ranger en haut du placard mais je n'ai pas pu, je ne peux pas, et je me retrouve à fêter ton anniversaire chaque année... C'est n'importe quoi.

Tu mettais des petits sachets de sauce tomate dans les poches de tes chemises blanches et ton faux sang dégoulinait sur ton faux cheval et tu tombais dans un faux dernier soupir. Tu es mort tellement de fois pour de faux, comment aurais-je pu croire qu'un jour tu le ferais pour de vrai ?

3

La table est dressée sous le mûrier. Le mûrier a cent deux ans et son tronc fait plus de deux mètres de circonférence. Il est l'âme de la Villa des Ronces, dans sa chair palpitent tous les cœurs l'ayant côtoyé. Plus d'un siècle de battements cardiaques. Rosa le sait, elle prend soin de lui. Elle le connaît depuis toujours. Aurait pu naître contre son écorce.

Rosa est dans la cuisine. Elle sort un à un les œufs de l'eau bouillante et les place dans les coquetiers. Il y a un miroir près de l'évier dans lequel elle ne se regarde plus. Sa petite-fille, Jeanne, est à ses côtés. Elle regarde les tranches de pain griller. Elle porte un tee-shirt trop grand pour elle et a noué ses longs cheveux blonds à la va-vite. L'été est enfin là et elle se laisse porter par sa moiteur.

Jeanne fait des allers-retours entre la table du jardin et la cuisine. Elle marche sans effort, sans chaussures, sans lever les pieds trop haut, les laissant glisser sur les tomettes fraîches, le bois rêche de la terrasse, l'herbe mouillée par la nuit. Elle traîne nonchalante et plane au-dessus du matin qui sommeille. Encore pleine de chimères, elle fait des allers-retours parce qu'elle oublie tout, distraite. Le sel sans le poivre. Les cuillères. Les verres. Le jus de fruits. La confiture. Les tasses. Manque une tasse. Le beurre. Doux. Beaucoup de kiwis. Le thé vert à la menthe. Les coquetiers sans les œufs. Les œufs pour les coquetiers. Le pain roussi. Le café pour ses parents.

– Et Robin, il dort encore ? demande Rosa à Suzanne, sa belle-fille, qui vient de se lever et s'étire près du frigidaire.

– Oui, je ne l'ai pas entendu se coucher. Il a dû arriver dans la nuit.

Elle marque une pause, balance sa tête de droite à gauche, puis de gauche à droite, exagère un grand bâillement pour réveiller sa mâchoire, bras pliés masse ses épaules et s'arrête en voyant sa fille entrer dans la cuisine.

– Jeanne, tu n'en as pas marre de piquer les tee-shirts de ton père ? demande Suzanne.

Jeanne ne répond pas. Sa mère n'insiste pas. Jeanne a dix-sept ans dans deux semaines et communique par intermittence. Le matin, elle est généralement hors service. Il faut lui laisser le temps. En fait, ce n'est pas vraiment une question d'âge, Robin, son père, est le même, asocial au réveil.

Jeanne s'est assise près de sa grand-mère. Elle adore la respirer. Rosa sent bon. Partout. Tout le temps. Elle porte le parfum qu'elle s'est offert le 4 juin 1984, le jour de ses quarante ans. En exil dans une ville inconnue. Des mois loin de ses enfants, Elvis et Robin, seize et treize ans, et de son mari, Alexandre. Elle était partie un jour de mai, n'emportant qu'un petit sac et son appareil photo. Elle était réapparue au mois de septembre sans prévenir de son retour. Avait pris ses garçons dans ses bras et les avait aimés comme jamais. Ils avaient engouffré leurs têtes dans son pull et humé son nouveau parfum. Ils reconnurent leur mère et retrouvèrent la chair qui les avait portés.

Suzanne mange un kiwi tandis que Jeanne se prépare une quatrième tartine. Les trois femmes parlent peu. Jeanne dort debout. Suzanne n'est pas d'une nature bavarde et préfère s'exprimer avec son corps. Rosa médite en buvant son thé.

La table du jardin est en calcaire. C'est Alexandre qui l'a sculptée, il y a une éternité. Quand il était encore un homme jeune, sans enfant, fraîchement fiancé, fou, en quête de liberté, artiste boulimique et vivant. Le matin, la table est froide mais, en fin de journée, il est doux de s'appuyer contre sa peau tiède. Jeanne pose systématiquement ses deux mains sur sa surface avant de prendre place. C'est instinctif. Comme un salut. Alexandre est parti un peu avant sa naissance. Elle n'a jamais senti son grand-père. Elle aurait aimé son odeur de bruyère et de tabac sucré. Rosa aurait tellement voulu qu'ils se rencontrent ces deux-là. Elle aurait pu les prendre en photo.

La théière est vide quand Robin les rejoint. Il donne un baiser à chacune. Un. Sur la bouche de sa femme. Deux. Sur la joue de sa mère. Trois. Sur le front de sa fille. Il se sert une tasse de café, croque dans la tartine de Jeanne et, sans cérémonie, dit :

– Je ne sais pas si nous fêterons le jour d'Alexandre cette année.

Suzanne fait mine de ne rien entendre, le regard rivé sur la pelouse brillante, Rosa se penche sur sa chaise pour se rapprocher du mûrier, Jeanne se lève de table.

Une photo qui n'existe pas

/clic/

Un hamac entre les deux figuiers. On devine au fond le grand mur d'enceinte, et, sur la droite, Nova, le chien du voisin, en boule en train de dormir contre la caisse de pommes. Au pied du hamac, des jouets, des poupées, un ballon, éparpillés sur l'herbe dense. Dans le hamac, deux têtes qui dépassent. Celle de Jeanne, quatre ans, tresses blondes et sourire édenté, et celle d'Alexandre, papy aux lunettes rondes et à la casquette de travers.

/clac/

4

Hier, Robin avait sa visite chez le professeur. Celui-ci lui a confirmé l'arrêt du traitement et les résultats, excellents. Il lui a dit qu'à partir de maintenant ils ne se verraient que tous les six mois pour une prise de sang et une IRM de contrôle. Qu'après ce ne serait plus qu'une fois par an. Et que dans six ans, il n'y aurait plus du tout d'examen. Robin n'a pas sauté de joie. Enveloppé dans un épais brouillard qui l'empêchait de voir le soleil dont le docteur lui parlait. Il est sorti du bureau complètement sonné. A dû s'arrêter un instant pour reprendre son souffle devant les affiches du centre d'oncologie.

Des images se sont mises à défiler. Remake de ces derniers mois. Éclairées par une lumière d'hôpital. Parfumées d'éther. Taillées par des scalpels. Nuits sans flash et jours sombres. Âme en détresse et corps transparent. Perfusion. Cicatrices. Pus. Aiguilles. Des mains par dizaines sur sa peau martyre. Des yeux transperçant sa chair. Des anguilles. La douleur. Des clous. De l'eau dans les poumons. Noyade sèche. Des fourmis rouges sous l'épiderme. Des araignées dans le cerveau. Venimeuses. Et ce poids compressant chaque millimètre carré de son être. S'appuyant sur la moindre artère, le plus petit os. La peur est lourde. Obèse. Pèse des tonnes.

Le professeur avait dit quelques mots, et ces quelques mots avaient invité la peur à envahir Robin tout entier. Ce qu'elle avait fait. En une seconde.

C'est donc avec elle que Robin est sorti hier du bureau du professeur. La peur. Grosse. Robin n'a pas réussi à la déloger. À la laisser là, dans cette pièce inquiétante, dans la poubelle du docteur. Il aurait voulu. Vraiment. L'arracher, la balancer à terre, la toiser, la griffer, la piétiner et lui cracher dessus. Il aurait voulu. Mais il a pris le couloir, l'ascenseur, passé les portes vitrées, quitté l'hôpital avec elle encore bien accrochée.

Robin a marché lentement pour rejoindre sa voiture sur le parking. Mais parvenu à sa hauteur, il a poursuivi son chemin. Dans la rue d'en face, puis celle d'après, et encore une, là, des escaliers, puis en haut à droite, une autre rue plus étroite débouchant sur un grand boulevard, vite une ruelle plus calme, et un jardin public.

Robin s'est arrêté au milieu du square, cerné par des arbres qu'il a à peine remarqués. Il a fixé les deux garçons se disputant la pelle dans le bac à sable. Il s'est rappelé son sable, sa pelle et son frère. Plus grand, plus costaud. Plus fort pour les châteaux avec le seau. Son frère Elvis. Avec sa tignasse noire et son grain de beauté sur la lèvre. Il l'a vu assis sur le tabouret du cellier. Il l'a vu tailler les crayons et les poser en ribambelle sur le bureau de leur père. Il l'a vu en haut du cerisier rouge de cerises. Il l'a vu les joues pleines de cacahuètes.

Il est là dans ce parc. Ils sont là tous les deux. Ils ont six et neuf ans. En noir et blanc. Ils ont encore le chocolat du goûter entre les dents. Et ils jouent, gorgés de malice, s'esclaffent pour un rien et sourient à la vie éternelle. Ils sont dans ce souffle d'air, dans ce grain de sable, dans ces égratignures sur leurs genoux, dans ces sifflements qu'ils lancent aux hirondelles. Ils sont là. Tout entiers.

Le klaxon d'une voiture.

Robin et son frère ne sont plus dans le square. Robin a bientôt cinquante ans et son frère n'est plus là mais de l'autre côté de l'Atlantique.

Robin a chancelé un instant puis s'est stabilisé. Droit et ancré. Sur ses deux pieds. Tout entier lui aussi. De la pointe de ses pieds au sommet de son crâne. Tout entier. De son premier souffle à celui de maintenant. Tout entier. Rempli de ce sable d'il y a quarante ans. De ces minutes d'enfance. De cette insouciance. Naïve. Puissante. Revenue d'un coup. Comme une vague inondant l'espace. Éphémère. Mais assez dense pour laisser une trace. Elle a léché les bancs et les jeux. Les jeunes et les vieux. Et au milieu d'eux, Robin. Elle a ranimé le passé. Éloignant le pire pour garder les rires. Une déferlante de ce temps-là avec la peau collée au skaï et le bouquet des draps. Avec les siestes sous le mûrier, le chien qui titubait, la rampe de l'escalier, la tapisserie de la chambre rose, la tarte sur le rebord de la fenêtre, la fumée des Gitanes les soirs de belote, le courant d'air de la porte d'entrée, la glycine, la boîte rouillée, les pots de menthe, les théières, le journal sur le canapé, les peintures d'Alexandre, les sculptures d'Alexandre, les costumes d'Alexandre, les poèmes d'Alexandre, les spectacles d'Alexandre et les photos de maman.

Le klaxon d'une autre voiture.

Robin, vivifié par la vague, s'est senti plus léger. L'angoisse mastodonte ayant perdu de sa superbe. La vague lui ayant sucé la moelle. Aspirant sa vermine sinistre et sa graisse vorace. La peur est restée en surface, accrochée du bout des doigts, reine tout de même, reine au pays de la maladie, mais moins souveraine, ses bourrelets flasques ne pénétrant plus les vides de son squelette.

Robin est sorti du square. Il a repris sa marche en sens inverse, la ruelle, le boulevard, la rue étroite, les escaliers, les trois rues et, enfin, le parking. Les yeux en l'air cette fois. Reliés au ciel. Le brouillard dissipé. Et il a cru voir le soleil dont le docteur lui avait parlé.

5

Suzanne et Jeanne sont à l'étage et préparent leurs affaires pour la rivière. Robin fait la vaisselle du petit déjeuner. Sa mère est appuyée contre la table et fait des *clics* avec son appareil photo tout en buvant sa quatrième tasse de thé. Rosa a des questions à poser à son fils, mais elle ne se précipite pas. Elle prend de grandes inspirations. Tente de chasser l'inquiétude, de se débarrasser de sa sueur moite. Elle apaise ses tremblements. Ouvre ses épaules et se prépare à recevoir. Elle ne luttera pas. Elle accueillera ce qu'il a à lui dire sans gémir. Elle sera forte pour son garçon. Son garçon de quarante-sept ans.

Rosa pose son Leica sur la table, sa tasse à côté de la théière et prend le torchon pour essuyer la vaisselle humide près de Robin. Elle frotte deux verres avant d'engager la conversation. Rosa avale plusieurs fois sa salive et, de sa voix la plus claire, sans chercher de parade, demande :

– Que t'a dit le professeur Reynault ?

– Il m'a dit que les résultats étaient excellents.

Rosa lâche le torchon. Le nœud qui ligotait ses tripes se libère. Elle se tourne vers son fils, s'apprête à le serrer dans ses bras puis se ravise.

– Qu'est-ce qui ne va pas ? demande-t-elle.

– Rien, tout va bien.

– Qu'est-ce qui ne va pas ?

– Rien, je te dis, répète-t-il sans la regarder.

– Robin…

Robin s'arrête. L'éponge cesse ses va-et-vient sur l'assiette. Sa tête reste baissée. Contemplation de la mousse blanche dans l'évier. Silence. Attendre que les mots trouvent leur place. Qu'ils se succèdent dans le bon ordre. Qu'ils disent ce qu'il y a à dire. Attendre. Rosa ne le brusque pas. Elle ne répète pas sa question.

– Je… Je n'arrive pas à… C'est compliqué de se dire qu'on est guéri. C'est…

Prendre le temps. Lâcher l'éponge. S'essuyer les mains avec le torchon tendu par sa mère. Attendre que les phrases s'articulent. Que le verbe dévoile les émotions. Relever la tête. La regarder dans les yeux. Et laisser le flot des mots s'échapper.

– Ça fait un an que je suis dans ces couloirs, avec ces blouses, ces rayons, ces piqûres, cette trouille. Un an que je ne me reconnais plus. J'ai perdu vingt kilos et j'ai l'impression de passer à travers les murs, mais ça n'a rien à voir avec mon poids. Je… Je flotte. Enfin, je flottais jusqu'à hier. Oui, ça m'a fait quelque chose qu'il m'annonce ça. J'ai tellement espéré qu'aujourd'hui j'ai du mal à…

– Je comprends.

Robin a besoin que ça sorte, tout se bouscule, c'est l'anarchie à l'intérieur, des émotions contradictoires le tenaillent, une pensée chasse l'autre, des douleurs s'en mêlent, il ne maîtrise rien mais sent qu'il doit laisser faire le tremblement de chairs. Ne pas lutter. Expulser les mots, les offrir au monde pour qu'ils redéfinissent l'espace.

– Je sens encore la mort qui rôde, c'est vrai, mais il y a aussi tout le reste qui revient, les vieux trucs, comme si c'était hier. Et en même temps, j'ai… Hier, cette nuit, c'était assez dingue, j'étais hyperconnecté à tout, la vie m'a submergé. C'était…

– Tu es en vie, Robin. Tu n'as jamais été aussi en vie.

– Oui, c'est ça, je crois bien que c'est ça, et ça me fait tellement peur.

Il n'y a plus rien à dire pour le moment. Les mains replongent dans l'évier. Les mains reprennent le torchon. Elles ne tremblent plus.

La vaisselle est finie. La cuisine est en ordre. La pâte à pain lève près de la fenêtre. Une mouche cherche à percer les mailles de nylon qui protègent les pêches mûres. Le chat qu'on appelle Le Chat passe d'une chaise à l'autre et choisit celle où il n'y a pas de coussin, où l'osier est vulnérable, et s'y roule en boule l'air de rien. Sur la nappe, quelques miettes. Que Rosa picore du bout des doigts.

– Tu veux un café ? propose Robin.

– Non merci, je vais me presser une orange.

– Je m'en occupe, maman.

6

Maman... Une éternité que je ne t'ai pas appelée ainsi. Tu sens l'électricité que ça crée ? Je viens de le dire spontanément, sans m'en rendre compte, ces deux syllabes, les premières prononcées dans ma vie d'homme, c'est un murmure si lisse, il me faut un temps pour assimiler cette décharge-là. Je vais soulever la cloche qui protège les fruits, prendre une orange, la poser sur la planche en bois, laisser faire la lame, presser les deux moitiés, laisser ce *maman* résonner dans la cuisine, ricocher jusqu'à toi. Ton sourire, que tu es belle, je ne sais pas quoi faire de ça, je tangue un peu, tellement d'années que je ne vois plus rien, trop occupé, trop asservi, trop fier. Pourtant je sens bien que quelque chose se libère, oui, j'entends les anneaux de ma cotte de mailles s'échouer sur le sol, le métal invisible rebondir contre les tomettes.

Tu n'as pas réagi concernant l'anniversaire d'Alexandre, j'en déduis que tu es d'accord pour qu'on arrête ? Je l'ai dit sur un coup de tête et je ne suis pas sûr d'être... prêt. Même si ça me fait du bien sur le moment, cet anniversaire ne m'aide pas vraiment à aller mieux. Je sais, tu me l'as déjà dit, ce n'est pas nouveau, eh bien peut-être que je l'entends enfin, mais... Je voudrais le fêter une dernière fois, avec Elvis, oui, j'aimerais que pour une fois il soit là, la distance n'est pas un problème, n'est pas le problème. Mon frère me manque. Il revient de plus en plus dans mes rêves. C'était si fort hier quand je suis sorti de l'hôpital, tellement réels tous ces souvenirs, il y avait aussi la boîte en fer blanc, je ne l'ai jamais vue mais papa m'en parlait souvent, je l'avais complètement oubliée, et hier elle était là au milieu des images, elle est enterrée sous le mimosa. Enfin, c'est ce qu'il m'a dit…

7

Robin est accroupi au pied de l'arbuste. Ça fait plus d'une heure qu'il gratte la terre. Rosa fait semblant de lire dans l'un des fauteuils du jardin. Suzanne et Jeanne sont parties à la rivière. Suzanne aimerait qu'on laisse Alexandre en paix même si elle sait que ce n'est pas d'Alexandre qu'il s'agit. Même s'il aurait dû apprendre à ses enfants à ne pas croire aux mirages.

Le jour d'Alexandre est né en 2001, quelques jours après sa mort. Charlie, son meilleur ami, était venu à la maison. Il portait son costume de clown blanc comme s'il s'agissait d'une tenue normale. Comme si pour revenir à la maison de son auguste, il était naturel de se vêtir ainsi. Alexandre et Charlie formaient un duo très émouvant, à la scène comme à la ville. Ils se connaissaient depuis toujours. Et, depuis toujours, Charlie, le Pierrot blanc, mettait en scène son sérieux et son élégance pour faire briller au mieux son ami au nez rouge.

Charlie avait tendu une enveloppe à Rosa. Rosa n'avait posé aucune question. Elle savait qui était l'expéditeur, elle l'attendait. Elle avait salué le clown triste et était sortie sur la terrasse. Là, elle avait pris le temps de caresser la missive et avait déchiré le papier.

Lyon, le 4 mai 2001

Ma Rosa,

Je ne pensais pas partir si vite, si tôt. En fait, je n'avais jamais envisagé cette éventualité : mourir. C'est un raz-de-marée et je suis pris de court. Ma Rosa, je ne comprends pas ce qu'il m'arrive, c'est insensé puisque je suis immortel. Je ne dis pas ça en l'air et tu le sais. Tu sais combien la vie est indissociable de ma personne et que je ne peux faire sans elle. On me dit qu'il me reste quelques semaines sur terre, c'est effrayant, j'ai peur, je découvre la peur Rosa, pour la première fois de mon existence. Mon invincibilité vient de s'envoler, je me sens nu, mon squelette soufflé par le moindre courant d'air. Il me reste quelques semaines sur terre et j'ai encore tellement de choses à dire, à te dire, à dire à Elvis et Robin, et à leurs gamins que je ne connais pas encore. Tellement de choses à vivre, cette île de Panama où l'on devait aller nager avec un requin-baleine, ce spectacle que je devais écrire pour le théâtre de la Croix-Rousse, et le four à pizza que je devais construire à Lomet, et les ânes, et le lion place Bellecour. Je suffoque, je manque d'air et je n'arrive même plus à te parler, il me faut t'écrire, il me faut poser les mots, prendre du recul et respirer, doucement, pour ne pas disparaître.

Je suis immortel Rosa, et cette fin que l'on m'annonce si proche est impossible. C'est une fable et je ne veux pas y croire. Tu ne dois pas y croire.

D'ailleurs, je ne suis pas mort. Je te prie du fond du cœur de ne pas croire à cette supercherie. Ces médecins, ce cadavre, ce cercueil, n'y crois pas.

Rosa, tu lis cette lettre sur la terrasse, tu portes ton gilet bleu et ton foulard de soie, tu vois, je suis encore près de toi.

Je sais que tu m'aimes comme je t'aime, je sais qu'un jour nos peaux se sont happées, je sais qu'un jour je te retrouverai, je sais que la mort n'est qu'une imposture. Je sais que les mots permettent l'éternité.

Je suis toujours en vie ma belle, à bientôt.

Je t'aime. Vice versa. Vice versa. Vice versa. Et cætera.

Alexandre

Rosa avait relu la lettre quatre fois. Des larmes. Elle était restée sur la terrasse et n'avait pas salué Charlie qui était reparti discrètement. Elle avait passé la nuit avec Alexandre. Son parfum quelque part dans les plis de l'édredon. Son reflet toujours dans le miroir. Ses chaussures sous le lit. Elle lui avait parlé. À voix haute. Ils avaient chanté. Le soleil s'était levé. Et elle s'était promis de croire à son immortalité, du moins de la célébrer. Elle fêterait son anniversaire cette année, et les suivantes. Le jour d'Alexandre. Elle n'avait pas parlé de ce courrier à ses enfants. Elle l'avait rangé religieusement dans son secrétaire et elle était retournée veiller le ventre de Suzanne.

Rosa pose son livre sur ses genoux. Elle relève la tête pour regarder le soleil dans les yeux. Elle aime sa lumière du matin. Pas encore blanche. Elle regarde Robin gratter le sol et se dit qu'elle aussi aime avoir les mains dans la terre. Peau submergée par le terreau, doigt poussant les bulbes, égratignures des épines, couleur sombre sur le derme, parfum d'humus. Rosa a photographié toute sa vie avec ses appareils photo, mais aussi avec ses mains. Toucher. Cette tige, cette écorce, cette feuille, ce caillou, cette branche, ce pistil. Son garçon a vieilli. Ses cheveux sont clairsemés. Il n'a plus ses épis. Ils reviendront sûrement. Parce que Robin a terminé les traitements et que tout va rentrer dans l'ordre maintenant. Rosa ne le dit pas mais elle trouve que Robin est mieux depuis tout ça. Il n'a plus les yeux rivés sur ses écrans, il a passé un cap, il est plus pâle certes mais il a l'air plus vivant. C'est étrange.

Robin s'arrête et sourit. Le tintement du fer. Le fer de la boîte. Robin s'emballe et libère le paquet. Il n'a plus mal, ne sent plus les pics dans son dos, il n'y a plus que cette onde intense qui le submerge. C'est une sensation unique. Puissante. Robin est euphorique. Il a dix ans et vient de trouver un trésor. La boîte rouillée est entre ses mains.

Une photo qui existe

/clic/

Alexandre est en maillot de bain
et porte de grandes chaussettes qui montent
jusqu'aux genoux. Il a son nez rouge
et son chapeau à pois. Il est debout sur une chaise
en équilibre sur une autre chaise, elle-même posée
sur la table de la cuisine. Il tient une louche
dans chaque main et sa bouche est grande ouverte
comme s'il chantait. Charlie est à ses pieds,
agrippé à ses mollets. Le clown blanc joue l'inquiétude
et contraste magnifiquement
avec le large sourire de l'auguste.

/clac/

8

Robin a rejoint les filles à la rivière. Il est allongé sur le dos. Il a laissé sa serviette dans le panier et sent le sable imprimer sa peau. Jeanne écoute de la musique, encore tout habillée, adossée au peuplier. Suzanne est étendue, genoux pliés. Boucles brunes emmêlées autour du visage.

Robin savoure ce qu'il vient de lire. Les lettres dessinées par ce père hors norme. Sans filtre. Exagérément baroque et impudique. Aux longs discours, à la verve poétique, à l'éloquence démente et à la plainte sonore. Plainte. Plaintif. Il partageait aussi ses maux sans retenue, créant des soubresauts douloureux dans les cœurs de ses garçons. Balance immuable. Entre la phrase qui blesse et celle qui amuse. Inlassablement, de l'une à l'autre. Aujourd'hui, les mots de la boîte penchent du côté lumineux et c'est un réconfort. Aujourd'hui, ce retour du père rapproche Robin de sa mère. Il a aimé leur complicité dans la cuisine. Il a aimé la toucher d'un peu plus près. Elle, si secrète, contraire du patriarche. Femme belle, clairvoyante, solide et indépendante. Femme mystère. Toujours là pour lui, pour eux, pour les faire parler, pour les écouter, les consoler, les épauler et elle, toujours se taire. Une élégance douce et déférente. Insaisissable sans être froide. Tout simplement forte, peut-être.

Quand il était enfant, Robin avait souvent mal au ventre. Des spasmes aigus, sans maux de tête ni nausées, l'assaillaient ponctuellement sans raison. Les examens n'avaient rien montré d'inquiétant et les médecins avaient conclu à une pathologie psychosomatique due au stress étant donné que le garçon montrait d'autres signes d'anxiété comme des plaques d'eczéma, des ongles rongés et des cauchemars. Ses crises, imprévisibles, pouvaient surgir une fois tous les six mois comme trois fois la même semaine, coïncidant souvent avec les absences de sa mère. Quand cette dernière était présente, elle s'appliquait à le masser, à lui préparer des potions de plantes, à le bercer, à le veiller jusqu'à ce qu'il s'endorme. Mais la plupart du temps, c'était Alexandre qui devait gérer, tantôt père magicien tantôt père pathétique. Les bons jours, il revêtait son plus beau costume, s'équipait de ses instruments, livres, épée, parapluie, objets incongrus et occupait la chambre de son fils. Valeureux, conteur intarissable, danseur infatigable, il faisait le show pour que les crampes de douleur deviennent des crampes de sourire, des crampes de rire. Il tournait, sautait, se déhanchait, s'époumonait pour que le visage de Robin s'apaise et, quand celui-ci dormait enfin, Alexandre s'effondrait à ses côtés, sa tête de moustachu vibrant contre la peau douce de son enfant.

En revanche, les mauvais jours, Alexandre, l'esprit chargé, inquiet, préoccupé par ses propres démons, ne parvenait pas à rester auprès de Robin. Il passait furtivement le voir, déposait un verre d'eau et une plaquette d'aspirine sur sa table de nuit, lui donnait une caresse puis redescendait en urgence, cherchant à faire cesser ses tremblements, à faire taire les voix sous sa boîte crânienne, à relâcher les tensions, les clignements électriques, à retrouver la paix dans une ligne d'écriture, un pot de peinture, une chaise à réparer. Accaparé par ses souffrances, il en oubliait rapidement celles de son fils qui pleurait plus fort car, sans père ni mère comme bouclier, il subissait les assauts renforcés du monstre dans son ventre qui en profitait pour redoubler d'intensité. Et c'est là qu'Elvis venait remplir l'espace vide. Il ouvrait doucement la porte, allumait la petite lampe de chevet, posait un gant frais sur le front de son cadet, lui prêtait le Playmobil qu'il ne lui prêtait jamais et, dans un murmure, lui racontait sa journée, sa main chaude sur son ventre contracté. Il ne faisait rien de plus qu'énumérer ce qu'il avait fait, heure par heure du matin jusqu'au soir, chuchotement tranquille et régulier, liste sans surprise, rassurante. Les images devenaient de plus en plus claires, la respiration de plus en plus calme, et Robin, emporté par la voix de son grand frère, oubliait petit à petit le monstre du ventre qui finissait par s'endormir avec lui.

Étendu sur la plage, Robin sent la chaleur contre sa peau. Il tente de relâcher chaque partie de son corps. Ses paupières closes lui offrent un ciel rouge. Cette presque nudité libère. Robin n'entend plus que le souffle léger du vent dans les orties et celui de l'eau dans les rochers. Ses pensées du dedans ne font plus de bruit, bâillonnées par la rumeur du dehors.

Ici, sur ce sol tiède, il sent sa poitrine s'ouvrir. Ses poumons se remplir. Son corps s'enfoncer dans le creux de ces milliers de grains.

Ici, il pense aussi à elles. Celles qui, avec lui, cet été, comme tous les étés, habitent la Villa des Ronces. Celles dont il s'est éloigné depuis quelque temps. Et à elle. Celle qui n'est plus mais ne le quitte pas. Chaque jour, chaque heure, chaque minute.

Ici, près de la rivière qui bouillonne, Robin retrouve doucement son souffle. Il prend le temps d'accueillir chacune des émotions qui le traversent. De compter ses années. Quarante-sept.

Robin a passé l'hiver. Quarante-sept. Il en a gagné une nouvelle. Quarante-sept. Il répète ce nombre comme un mantra. Il a quarante-sept ans maintenant et toute la vie devant lui. Il faut simplement qu'il éloigne la frousse. Il faut simplement qu'il enterre ce qu'il y a à enterrer.

Ici, sur cette plage d'été, au contact de la matière, Robin se dit que tout est possible. Qu'il va vivre. Que Jeanne va devenir femme. Et qu'il va retrouver Suzanne.

9

Robin sort sur la terrasse avec son ordinateur portable. Rosa, en bout de table, épluche une pêche. Suzanne, le nez dans un bouquin, fume une cigarette. Jeanne est partie chez son amie Sonia. Robin tape sur les touches avec frénésie.

– Tu es sûr de vouloir appeler Elvis ? demande Rosa.

– Il est quatorze heures au Québec, bredouille Robin sans répondre à la question.

– Il ne bosse pas aujourd'hui ton frère ? interroge Suzanne, légèrement agacée par l'attitude butée de Robin.

– Non, il est en congé pour trois semaines.

Mise en route de Skype. Attente de connexion. Robin prend une cigarette dans le paquet de Suzanne. Il l'allume, tire deux bouffées puis l'écrase. Il cherche son frère dans ses contacts, le trouve et clique sur le bouton d'appel. Ça sonne. Suzanne se lève et rejoint le hamac à l'écart.

À Montréal, Elvis est assis en tailleur sur le tapis du salon et dessine des poissons avec Anna, sa fille de cinq ans. À la troisième sonnerie, il se lève et attrape son téléphone sur le bureau. Par-delà les kilomètres, les voix se rencontrent. Les caméras se mettent en route et les visages se sourient.

– C'est tonton Robin, Anna.

– Tonton !

Anna, bavarde et rieuse, parle sans s'arrêter. De son puzzle qu'elle a presque fini, de ses nouveaux crayons de couleur ou encore de sa robe toute blanche qui est devenue toute rose dans la machine à laver. Robin et Rosa ne lâchent pas l'écran des yeux. La petite, si loin, grandit, si vite. Rosa a prévu d'aller y passer un mois en septembre. Sa petite-fille lui manque. Anna a fini, elle fait plein de baisers à l'écran et retourne dessiner. Elvis reprend le téléphone et donne brièvement les dernières nouvelles. Il semble épanoui, ne s'étend pas trop sur sa vie et, inquiet pour son cadet, se presse de demander :

– Et toi, p'tit frère, comment tu vas ?

– Résultats excellents ! expédie Robin, qui veut parler d'autre chose.

De l'autre côté du monde, Elvis souffle discrètement, soulagé d'entendre ces quelques mots qui viennent apaiser une angoisse de plusieurs mois.

– Donc plus de tumeur, plus de traitement, c'est fini ? insiste le grand frère.

– Oui, se contente d'affirmer Robin, peu disposé à développer.

Rosa sent le malaise de Robin et décide de faire diversion :

– Et Solange, comment va-t-elle ?

– Elle va bien. Pas mal fatiguée car un de ses collègues est parti et elle a récupéré la plupart de sa patientèle. Du coup, elle fait beaucoup d'heures en ce moment. Elle est de garde ce week-end.

La conversation se poursuit entre Rosa et son aîné. Rosa regarde avec tendresse son fils sur l'ordinateur et le trouve beau.

Robin est en retrait. Il a quelque chose à dire à son frère et a du mal à s'intéresser au reste. Un silence. Robin saute sur l'occasion pour reprendre la parole. Il est direct et maladroit :

– Elvis, il faut que tu viennes à Lomet.

– Pourquoi ?

Robin est désemparé par ce pourquoi. Il n'a aucune raison valable si ce n'est qu'il en a envie, besoin, et que cela est indicible. Alors il tente :

– On a creusé sous le mimosa, on a trouvé la boîte avec un poème de…

Elvis est contrarié, ses traits le trahissent. Robin poursuit :

– Écoute, j'aimerais juste que tu sois là pour le jour d'Alexandre, peut-être que cette année tu…

– Robin, ça suffit ! s'énerve Elvis. Pourquoi tu insistes ? Ça fait dix-sept ans qu'Alexandre est mort et on sait très bien que… Pourquoi tu mélanges tout ? Pourquoi tu continues de faire semblant ? Bon sang, notre père était dingue mais tu es pire que lui !

Rosa intervient :

– Elvis, calme-toi, ne parle pas de ton père comme ça. Alexandre était excentrique mais…

– Excentrique ?! Excuse-moi mais c'était un peu plus que ça maman.

– Tu exagères parce que tu es en colère.

– Si seulement ce n'était que ça !

Robin ne veut rien lâcher et reprend à toute vitesse pour éviter qu'Elvis ne le coupe :

– Je vais te lire le poème, tu vas…

– Non !

Robin sursaute. Le refus de son frère est violent. Sans appel. Une claque.

– Je ne veux pas que tu me le lises. Alexandre est mort, tu entends, décomposé, rongé par les vers, sec. Il est mort et cette mascarade ce n'est pas pour lui, c'est pour… Tu vois j'arrive même pas à le dire. Alors stop !

– Arrête ! l'interrompt Rosa. Parle-nous sur un autre ton !

La voix de Rosa se fêle. À sa suite, les frères se taisent. Ne restent que les grillons. Puis, la petite voix d'Anna qui vient tout adoucir :

– Papa, pourquoi on va pas en France pour voir mamie Rosa ?

Elvis l'embrasse sur le front. Secoué, il se rapproche de l'écran :

– Je… Je me suis emporté, mais ne me parlez plus de cette histoire. Je n'ai plus envie de jouer aux morts-vivants.

Les mots, après ça, sont petits et maladroits. La discussion est terminée. Plus rien n'est possible. Chacun tente de se dire au revoir sans trop savoir comment. Elvis clique sur le combiné de Skype. Fin de l'appel.

Robin et Rosa se servent deux grands verres de pinot et les boivent en silence. La lumière du jour décline. Il y a quelques moustiques. Deux mouches sur le plateau de fromages. La rumeur du village. Robin et Rosa côte à côte. Et les sauterelles qui dansent à leurs pieds.

10

Tu as trois ans de plus que moi, tu fais dix centimètres de plus que moi, tu es plus beau que moi. Tu es la personne qui a le plus compté dans mon enfance, et j'ai du mal avec cette distance. Te parler via un écran, entendre tes mots grésiller, te voir pixélisé, c'est compliqué. Tu as fui. Tu as commencé à fomenter ton évasion le jour de tes quatorze ans, je n'ai pas tout de suite compris les raisons de ce projet, ni l'importance qu'il avait pour toi. Je te regardais avec mes yeux de petit frère refaire le monde avec ta voix d'homme. Tu me décrivais les grands espaces qui t'appelaient, tu me confiais ton angoisse de ne jamais aller ailleurs qu'à Lyon et Lomet, tu me parlais avec envie des voyages de maman, tu les sublimais, affublant ses récits de couleurs exceptionnelles. Je n'étais jamais très loin de toi, toujours à t'observer, t'imiter. Tu t'ennuyais, je m'ennuyais, tu faisais des ricochets, je faisais des ricochets, tu fumais, je fumais. Je crois que tu n'as jamais vraiment fait attention à mon corps dans ton ombre, c'était normal. J'étais là, accroché à toi, comme la montre à ton bras. Parfois, pourtant, j'étais de trop. Quand tu partais en virée avec tes potes, quand tu avais rendez-vous avec une fille, je devenais « un boulet » que tu savais éjecter sans préambule. Je me souviens de la fois où tu devais rejoindre cette fille que tu draguais depuis des mois, Caroline Dubois, son nom m'est resté, tu te mettais une pression dingue et tu avais changé trois fois de tee-shirt. Au moment de lacer tes baskets, tu m'avais remarqué assis dans un coin et lancé un : « Dégage ! » que je me rappelle encore. À côté de ça, dès que j'avais le moindre souci, tu venais à ma rescousse en laissant tout en plan. Tu ne me le disais pas mais je crois que j'étais aussi la personne la plus importante pour toi, on se serrait les coudes, on s'équilibrait.

Tes mots m'ont fait mal aujourd'hui. Ce n'est pas qu'une image. Je saigne du nez et j'ai des scorpions qui grignotent mon front. « Je n'ai plus envie de jouer aux morts-vivants », comment oses-tu me dire ça alors que tu ignores tout de ma souffrance ? Et toi, à quoi tu joues ? Tu es resté loin quand j'aurais aimé t'avoir tout près cette année, j'étais terrifié et tu n'es venu qu'une fois. Je ne te le reproche pas, c'est ma faute après tout, je ne sais pas pourquoi je t'ai tenu à distance. Pour te préserver, pour m'endurcir ? Pour de mauvaises raisons, sans aucun doute. Tu as bien réussi ton évasion, grand frère, avec ces milliers de kilomètres entre nous. Je crois que c'est une des raisons pour lesquelles j'en veux à Alexandre. Il est la cause de ta fuite. Tandis que je l'admirais et m'émerveillais, toi, tu le méprisais. Tu détestais ses vêtements bizarres, ses grands airs, sa démesure, son insouciance insensée, ses caprices, ses coups de folie. Tu refusais tout de lui, il te disait blanc, tu disais noir. Tu ne voulais jamais venir avec nous aux Jardins Suspendus, notre lieu des confidences, des retrouvailles, des réparations, notre repaire depuis plusieurs générations. C'est là qu'Alexandre a escaladé la pierre pour chanter son amour à notre mère. Toi, tu te moquais, moi, je trouvais ça beau. C'est aussi aux Jardins Suspendus que Suzanne m'a annoncé qu'elle était enceinte. Je suis attaché à cet endroit que tu as toujours rejeté sous prétexte que notre père l'aimait. Tu contrais tout ce qu'il était de peur de lui ressembler. Je crois que tu avais honte de lui. Tu ne l'as jamais appelé « papa », alors j'ai fait comme toi.

Une photo qui n'existe pas

/clic/

Robin, 47 ans, et Elvis, 50 ans,
en short et débardeur, un bob sur la tête,
un seau Mickey dans une main,
une pelle en plastique dans l'autre,
au pied du mimosa tout jaune,
en train de creuser la terre à la recherche
d'un trésor.

/clac/

11

Robin s'est levé de bonne heure. Il a bu un café puis il est parti marcher côté forêt, faire la balade des faïsses. Baskets aux pieds, il emprunte maintenant le sentier qui remonte le long du ruisseau. Le ciel est d'un bleu limpide. Pas un nuage, pas une tache, aucun dégradé, une unité parfaite peignant le toit du monde. Robin le contemple entre deux pas. Comme il contemple les cailloux verts de mousse, le lichen, les algues sous l'eau, les chèvres près des oliviers. Observe, touche, respire, écoute. Les ronces, l'écorce, le thym, les cigales.

Robin est en vie. *Je suis en vie.* Cette phrase est tatouée dans ses entrailles. Elle est dans chacune de ses respirations, dans chaque battement de paupières, dans chaque geste. Cette phrase le construit désormais et résonne dans le moindre centimètre carré de son être. Là, partout, tout le temps. Elle est lui. *Je suis en vie.* Quatre mots, au pouvoir immense. Une phrase qui, avant, n'existait pas, n'avait pas lieu d'être. Avant, il y avait cette croyance absurde, cette immortalité invincible que Robin pensait posséder. Assurance stupide des vivants bien portants. La mort n'épargne personne, pas même les bébés dans les ventres, pas même les jeunes hommes de quarante-sept ans. Leur armure n'est qu'une nappe de papier que la faucheuse a vite fait de déchirer. *Je suis en vie.* C'était hier, quand Robin a bu jusqu'à l'ivresse. C'était cette nuit, quand il s'est réveillé à trois heures et qu'il a passé cinquante minutes à compter les étoiles. C'était ce matin, dans les volutes de café. C'est là, maintenant, dans ce pas, et le suivant. *Je suis en vie.*

Robin marche et il revoit le visage de Suzanne endormie, ses paupières closes sur sa peau claire, sa respiration lente, imperceptible. Il est triste en pensant à elle et s'en veut de ne percevoir qu'aujourd'hui le bruissement sombre qui l'enveloppe depuis si longtemps. Suzanne n'a pas reçu le tampon officiel de la maladie et ne porte pas de cicatrices boursouflées, mais Robin sait qu'elle a souffert de coups de scalpel invisibles. Dommages collatéraux. Et il n'y a pas que ça. Il y a aussi toutes les autres blessures, la disparition de leur jeunesse, la blancheur de ses mèches, l'ennui qui parfois l'électrocute, ses parents écrasés par la tôle de leur voiture. Et il n'y a pas que ça. Robin arrête son pas. Stoppe sa respiration. Stoppe l'énumération. Ne pas voir l'image suivante. Les fêlures de sa bien-aimée rejoignent les siennes et c'est trop de douleur. Ranger cette image dans une poche bien opaque. La protéger d'une lumière trop vive. Retarder la révélation. Inspiration. La marche reprend. L'inquiétude subsiste. Il a peur, un instant. Fait le pas suivant. L'image reste floue, l'intolérable s'éloigne. Un pas de plus. Robin se promet d'être bientôt capable de trouver un peu de terre pour inhumer ses morts.

Robin a dans la main la feuille trouvée dans la boîte. Il n'a pas besoin de la déplier pour la lire, il la connaît déjà par cœur. Sur le papier rouge, Alexandre a écrit à l'encre noire des mots sans queue ni tête. Une liste. Alexandre adorait les listes, il en faisait pour tout et n'importe quoi et les piquait avec des punaises sur les murs de sa tanière, une cabane en bois cachée derrière les pêchers. Il n'était pas interdit d'y aller, mais personne n'osait. L'antre du Grand Alexandre – Alexandre était très grand, un mètre quatre-vingt-onze – avait quelque chose de sacré. Il y allait presque tous les jours. Pour une heure, quatre heures ou dix heures. À sa mort, c'est Rosa qui s'y était aventurée la première. Elle avait découvert des toiles par dizaines entreposées dans un coin de la pièce, des livres inondant des étagères, des costumes suspendus aux poutres, des chapeaux au plafond, des photos d'eux prises par elle sur un bureau, des tas de pages manuscrites dans les tiroirs, des sculptures de cailloux éphémères, des parapluies, des cartes postales écrites mais jamais envoyées, une caisse remplie de tissus. La grotte d'Alexandre était une caverne d'Ali Baba. Ni or ni pierre précieuse, mais de bien plus incroyables richesses. Rosa avait pleuré de joie, émerveillée encore une fois par Alexandre. Elle était restée plusieurs heures et avait pris le temps de découvrir chaque pièce de ce musée. Puis elle avait pleuré des larmes plus amères, en découvrant un carton sous les tissus à l'intérieur duquel Alexandre avait stocké des lettres sensuelles écrites par Tania, Yasmine, Léa, Éléonore et bien d'autres. Des phrases coquines et cochonnes pour lui. Pas des mots d'amour, des mots de cul. Électriques et puissants. Visant droit dans le cœur de Rosa. Mais ni surprise ni trahison, entre elle et son mari c'était depuis longtemps platonique, seulement une forte nostalgie de cet avant où ils s'aimaient jusque dans la chair, de ces années où leurs corps savaient encore se rencontrer, se toucher, se pénétrer. C'était loin tout ça. Rosa, après trente ans de mariage, ne s'était plus intéressée à ses éjaculations et Alexandre ne s'en était pas plaint. Il avait trouvé d'autres mains et d'autres peaux pour assouvir ses envies de mâle. Rosa ne lui en avait pas voulu. Son sexe dressé ne lui manquait pas.

D'Alexandre, elle aimait tout le reste, inconditionnelle. Elle aimait le merveilleux de leur amour, au sens strict du terme. *Ce qui s'éloigne du cours ordinaire des choses ; ce qui est miraculeux, surnaturel.* Ils avaient continué à se câliner jusqu'à la fin. Nonchalants, blottis, transis, dans le lit, fatigués, passionnés, nus, dans le canapé, amusés, habillés, sur l'herbe.

Robin se répète les mots de la liste tout en marchant vers le haut de la colline.

Alcool. Musique. Hystérie. Sexe. Ivresse. Horizon. Liberté. Enfant. Envie. Soleil. Rire. Poésie. Voyage. Baisers. Magie. Plaisir. Vices. Art. Rêves. Étreintes. Chant. Inconscience. Foudre. Sauvage.

Enfant. Robin n'entend que cet écho. Ce mot est au-dessus des autres, perché sur un nuage de pluie d'étoiles, intouchable, indestructible. Il est le centre. Il est le tout. Il est la faille. Que devient un enfant quand son cœur s'arrête ?

Robin répète : *Enfant.* Et toute la liste. Encore et encore. Il cherche le lien. La cohérence. Mais ces mots, confus et mélangés, ne mènent à rien. C'est un délire d'Alexandre. Qu'il a planté là, dans la boîte, sans se soucier de l'après, de l'enjeu, de l'attente des joueurs. D'un joueur. Son fils. Des mots écrits sans penser à Robin, un enfant de quarante-sept ans avec une balafre sur le ventre et d'autres sous le thorax à la recherche d'un père qu'il croit toujours en vie.

Robin est au sommet. Ses yeux peuvent embrasser l'immensité de sa terre. Il voit les vignes en train d'éclore, le plateau des Gras, les chênes, la rivière, la forêt de pins, les montagnes derrière. Il prend une grande inspiration et, comme une offrande au milan venu le saluer, récite à voix haute :

Je voudrais pas crever
Avant d'avoir connu
Les chiens noirs du Mexique
Qui dorment sans rêver
Les singes à cul nu
Dévoreurs de tropiques
Les araignées d'argent
*Au nid truffé de bulles**

Il se sent bien, sa jeunesse n'est plus si loin, elle le rattrape, efface ses rides et défait ses nœuds pour retrouver un instant l'insouciance qui lui manquait tant. Le temps n'a plus d'emprise, Robin n'a plus d'âge. Et il entend la rumeur du bal, le bal de ses vingt ans.

* Extrait de *Je voudrais pas crever* de Boris Vian.

12

Le bal de Robin
15 août 1991

Robin en a marre d'attendre. Il tourne en rond. Comme d'habitude, son frère traîne. Elvis est rentré tard de la rivière et maintenant il ne sort plus de la salle de bains.

Alexandre et Rosa sirotent un Martini blanc avec une rondelle de citron. Alexandre porte le costume de son mariage. Il aime le mettre de temps en temps et n'a pas besoin d'une grande occasion, une soirée en tête à tête avec son épouse suffit. Ce soir, leurs garçons vont au bal, ils ne sont que tous les deux, ils vont dîner sous le mûrier. Rosa a sorti la nappe brodée qu'elle a rapportée d'Antananarivo et les chandeliers de son arrière-grand-mère. Elle a piqué des bâtonnets d'encens dans les anthémis. Elle porte une robe longue et orange, des boucles d'oreilles en argent et un collier avec de grosses perles turquoise. Alexandre et Rosa sont assis côte à côte dans les fauteuils en osier. Ils tournent le dos à la maison et font face aux arbres, au jardin et aux collines au loin. Ils parlent peu et contemplent ensemble la fin de journée qui s'étire vers le crépuscule. La nature est dense et bruyante. Oiseaux, cigales, grenouilles, criquets, c'est l'heure où ils sont tous enivrés. Par cette chaleur, ce jour qui n'en finit plus, le parfum des fleurs. Alexandre a les jambes croisées, sa jambe gauche au-dessus se balance au rythme des chansons de la fête votive. Il a les yeux fermés, c'est ainsi qu'il aime contempler, et joue avec la bague de son annulaire.

– On y va ! lance Elvis, qui sort en courant de la maison et attrape son frère au passage.

Robin le suit sans râler et leurs parents les laissent partir sans se retourner.

Elvis marche vite. Comme s'ils étaient en retard alors qu'ils n'ont pas d'heure de rendez-vous, que c'est lui qui a pris tout son temps pour se préparer, que c'est lui qui a appuyé deux fois de trop sur le pschitt du parfum. Et maintenant c'est Robin, toujours quatre pas de retard, qui doit reprendre son souffle dans ses effluves asphyxiants. Robin plaint Charlotte, la petite amie d'Elvis, qui est toute petite et qui, dès le premier slow, va se retrouver collée à son tee-shirt imbibé. Elvis marche vite car il entend une chanson qu'il adore et sur laquelle il aurait tant aimé danser.

Pump up the jam
Pump it up
While your feet are stompin

Technotronic est en train d'enflammer la place et Elvis voudrait déjà être là-bas. Robin traîne un peu derrière et se demande, encore une fois, ce qu'il va y faire. Il ne danse pas et n'a rien à dire à la bande de potes de son frère. Dans ces soirées, il reste souvent assis sur un muret et s'ennuie. Heureusement, il y a les cigarettes et la marquisette. Peut-être que c'est pour ça qu'il continue d'y aller. Pour se saouler. Ce serait plutôt normal. Chez les Merendeira, on boit. C'est une tradition. Tacite. Dans cette famille, quel que soit le sexe, on hérite de cette envie d'alcool. Il peut être potion de raisin, de pomme de terre, d'orge, peu importe, on l'attend, on le savoure, on l'aime. Oui, Robin va boire des marquisettes ce soir.

Mélange de vin blanc, de citrons, d'oranges, de limonade et de sucre. Il aime les bals pour cette ivresse. Mais ce n'est pas sa seule motivation. Il y a aussi les gens. Robin aime regarder les gens.

Au cœur du village, alors que les grillons chantent et que le DJ annonce *Ride on Time* de Black Box, que le cercle des danseurs grandit, que les étoiles disparaissent sous les spots multicolores et la boule à facettes, Robin est assis sur son muret. La rivière coule derrière lui et passe sous le petit pont submersible. En arrière-plan, les falaises sombres. Devant lui, la fête et la place avec ses bancs en pierre, sa fontaine, ses guirlandes de fanions tricolores traversant l'espace, ses grands platanes. De l'autre côté, les restaurants et les cafés. Elvis est attablé au bar du Commerce avec ses copains. Charlotte est sur ses genoux et rit en faisant des ronds avec la fumée de sa cigarette. Le paquet de Lucky Strike est posé sur la table, près des baby coca et des gin-tonics. La troupe d'Elvis est bruyante, ils font tout pour se faire remarquer. Robin les épie du coin de l'œil. Robin a bientôt vingt ans et il aime son grand frère autant qu'il le jalouse. Il aimerait lui aussi avoir une jolie fille sur ses genoux. Mais pour cela, encore faudrait-il qu'il arrive à leur parler. Même, plus simplement, à les regarder. Robin est un introverti.

– Un grand timide ! claironne son paternel.

« La faute à qui ? » a souvent voulu hurler le petit garçon rougeaud dans les oreilles de ce père si fantasque, si fort et gigantesque. Admiré. À l'ombre duquel il peine à trouver sa place. Ce père qui, quelques années plus tard, disparaîtra et qu'il n'aura de cesse de retrouver.

Robin, dans son coin, sirote sa troisième marquisette et observe les gens. Il y a ce couple d'octogénaires qui valse sur UB40. Cette petite fille avec sa robe de princesse qui n'arrête pas de tourner et qui n'a pas la tête qui tourne. Ce groupe de filles qui crient au début de chaque nouvelle chanson, fans de toute la playlist du disc-jockey. Cette dame à la robe longue, appuyée contre le bar de la buvette, qui ne quitte pas les danseurs des yeux, qui a une folle envie de danser mais qui n'ose pas. Ou qui ne peut pas. Robin voit maintenant le gros moustachu à ses côtés qui n'a pas l'air commode et qui la reprend d'un coup de coude à chaque fois qu'elle commence à se déhancher. Robin ne s'attarde pas, il est loin d'imaginer les bleus qu'elle a sous les plis du tissu. Il continue son tour de bal et voit ces deux gamins qui ramassent les verres vides et en font des verres pleins, pleins d'eau, pleins de cailloux, pleins de sable. Ces chiens si sages près du stand saucisses-frites. Cet adolescent en débardeur qui attend dans la cabine téléphonique que sa copine le rappelle car il n'a plus de pièces. Cet animateur hystérique qui enchaîne les annonces et les tubes de sa voix nasillarde : « Et maintenant *Casser la voix*, spéciale dédicace de Gregory pour sa chérie Sarah ! », « Et ce soir, on se lève tous pour Nathalie ! Joyeux anniversaire Nathalie ! », « Avec Cloclo, tout le monde les bras en l'air ! »

Autour de Robin, le bal a pris possession de la place et du village. Les jeunes et les vieux sont tous là à salir leurs sandales sur le gravier fin. Ils parlent fort, s'esclaffent, trinquent, valsent, mangent, frappent dans les mains, s'embrassent, se cherchent, se taquinent, tapent du pied, s'aiment. Un merveilleux désordre s'est emparé de tout et de tous. Le jour s'en va, demain n'est pas encore là et, ce soir, chacun peut croire en ses rêves ou rêver d'y croire encore. La liesse et les litres de boissons alcoolisées gomment les fissures et les font disparaître l'espace d'un instant. La femme à la peau bleue, grisée par le rosé, peut s'imaginer s'envoler au bras de ce danseur de rock à la chemise ouverte. La poupée sur les genoux d'Elvis peut espérer que demain sa grand-mère respirera toujours. Le petit garçon qui fait des verres pleins avec des verres vides peut oublier pour quelques heures les dragons qui envahissent sa chambre chaque nuit.

Le bal bat dans les poitrines. *Boom boom* dans les cœurs. Brut. Shoot. Il accroche des sourires partout, les joues se creusent et les fossettes se dessinent. Nous ne sommes plus seuls, nous faisons partie de cette ronde joyeuse, assis ou debout, peu importe, nous y sommes. Main dans la main. J'avais mal là, je ne souffre plus. J'avais la frousse, je n'ai plus peur. J'avais froid dans mes os, j'ai chaud. J'avais faim, je suis rassasié.

Robin, à l'écoute de certains morceaux, aurait envie de se lever et de rejoindre la foule. Il aimerait se déhancher comme ce mec à la casquette. Il aimerait sauter et se défouler. Mais il ne peut pas. Trop de temps passé à contempler les pitreries de son père pour oser prendre la suite.

Le platane à ses côtés est creux. Son tronc, vidé de sa moelle, offre un abri parfait à celui qui voudrait disparaître. Robin pourrait s'y glisser et poursuivre le lent effacement du petit garçon à la famille bien trop énorme et terminer sa fuite ici, dans cette cavité végétale bienveillante. Mais Robin n'est plus un petit garçon et il pense sérieusement à stopper sa disparition. Il est temps pour lui de poser ses propres fondations, de se positionner et de grandir.

Sur le banc d'en face, une jeune fille vient de s'asseoir. Robin ne voit plus le platane et son grand vide. Elle a une position parfaite : jambes serrées l'une contre l'autre, mains posées sur les genoux, tête et dos droits. Elle a de longs cheveux noirs et bouclés plaqués en arrière par un bandeau à pois et de grands yeux clairs. Elle porte un tee-shirt large qu'elle a noué au-dessus du nombril et un jean resserré par une ceinture en forme de fleur. À ses pieds, des baskets blanches avec des lacets fluo. Elle est jeune, peut-être dix-huit ans. Seule et immobile, elle se démarque de ses copines restées à la buvette. Elle ne lâche pas la piste de danse des yeux. C'est important pour elle, tous ces pieds dans la poussière. Robin ne voit plus qu'elle. Contrairement à ses habitudes, il ne baisse pas le regard. Il la fixe même avec insistance. Elle ne le voit pas, trop concentrée. À attendre. La chanson. Qui la fera bondir. Qui la fait bondir. C'est maintenant. INXS – *Suicide Blonde*. Elle décolle du banc et plonge dans la foule. Robin la perd quelques secondes, se redresse et la retrouve. Danseuse magnifique au milieu des autres. Au-dessus d'eux. Gracieuse et élégante. Fondue dans le tempo. Elle ne force aucun geste, ne réfléchit aucun mouvement, tout est fluide. Son cou se tortille et fait rebondir ses boucles. Son corps parle et appelle Robin, qui se lève, fend la foule et se plante devant elle. Elle continue de danser malgré cet homme qui ne danse pas. Il est plus vieux qu'elle, mais ça ne la dérange pas. Ce qui l'intrigue par contre c'est son immobilité. Elle poursuit sa transe face à cette statue mystérieuse. Elle le trouve beau. Elle aime ses yeux. La chanson se termine, laisse place à la suivante. Madonna – *Vogue*. Et ils poursuivent leur valse improbable, énergique et statique. Pile et face. Et, petit à petit, leurs deux corps se rapprochent, et ils sont bientôt poitrine contre torse. Nouvelle chanson. Scorpions – *Wind of Change*. Les mains de la danseuse s'apaisent et l'emportent vers l'homme immobile qui devient son cavalier. Elle passe ses bras autour de ses épaules et il pose tout naturellement ses mains sur sa taille. Slow.

Elvis et les copains l'appellent :

– Robin !

Ses copines à elle l'appellent :

– Suzanne !

Ils ne leur répondent pas mais sourient, amusés par ces présentations chorales.

Robin, elle aime ce prénom.

Suzanne, il aime ce prénom.

Le slow se termine. Il a duré une éternité. Elle lui dit au revoir à l'oreille comme pour ne pas tout gâcher. Elle fait court. Elle part demain pour Londres, où elle intègre une compagnie de danse. Elle lui donne rendez-vous ici, les pieds dans la poussière, l'année prochaine.

13

Les tomates sont rouges. Les haricots verts. Simplicité chromatique pour un jardin d'été. Des couleurs vives habillent la terre, parfums de menthe, de persil, de citronnelle, de coriandre. Des ribambelles de feuilles, des piquets pour les tiges entortillées, des outils posés contre le muret, un tuyau toujours emmêlé, des fraises vertes pas encore rouges, des fleurs d'aubergines, des tas de ci, des tas de ça, un tonneau pour l'eau de pluie, un vieil évier pour l'eau de pluie aussi, une chaise pour lire. Pour regarder pousser. Pour dormir.

Rosa est pieds nus. Elle sent les cailloux et la poussière sous ses talons. Plus elle vieillit, plus elle ressent la pulsation du monde. La corne et les cals, conséquences de l'usure du temps, n'endommagent en rien cette perception sensible de la matière. Au contraire, les années qui passent affûtent les sens pour celui qui est là, à l'écoute, concentré.

Rosa bine la terre des tomates et supprime les gourmands pour que la plante ne s'épuise pas. Les gestes sont rapides. Sûrs. Automatiques. Plus de quarante ans qu'elle cultive ce carré de verdure. Elle vient ici tous les jours. Tôt le matin et tard le soir. Elle vient pour les fruits et légumes, pour les libérer des parasites, les abreuver, les tailler, les cueillir, mais elle vient surtout pour elle. Pour son corps comme pour son âme. Besoin de respirer le compost, de toucher la paille, de piétiner la boue, de couper, semer. Besoin de ce dehors pour remplir le dedans. De cette lumière évanescente. Orange, aérienne, rose, blanche, épaisse, éblouissante, trouble, féerique. Indescriptible, cette sensation d'éternité déclenchée par ces instantanés aux reflets changeants. Miroir sans tain permettant au spectateur invisible un accès à la splendeur du monde. Ces moments ne sont pas rares, ils se présentent plusieurs fois par jour à qui veut bien les voir, mais cette disponibilité ne les rend pas moins précieux. Là est leur force. Là est leur pouvoir. Ils n'en finissent jamais d'émouvoir. Rosa le sait.

Jeanne vient de la rejoindre avec le seau rempli d'épluchures. Elle les jette dans le composteur et s'accroupit près de sa grand-mère. Elle reste immobile quelques secondes et se met à désherber. Il n'y a quasiment aucune mauvaise herbe, et Jeanne brasse du vent. Rosa la laisse faire un moment puis demande :

– Ça va Little Turtle ?

Little Turtle, c'est le surnom qu'a donné Rosa à Jeanne le jour de sa naissance car, avec sa toute petite tête et ses lèvres tendues, elle trouvait qu'elle ressemblait à une tortue. Seule Rosa l'appelle ainsi. Little Turtle, nom de code pour relation privilégiée entre une petite-fille et sa grand-mère. Duo facétieux qui profite des soirs sans parents pour boire des Martini blancs avec une rondelle de citron, une Popular* au coin des lèvres, tout en parlant des heures durant des clichés de Doisneau, McCurry, Salgado, Cartier-Bresson. L'année dernière, Rosa a acheté un appareil photo à Jeanne, mais Jeanne n'a pas confiance en elle, trop impressionnée par le talent

* Popular : cigarettes cubaines.

et le parcours de sa grand-mère. Alors Rosa l'encourage sans relâche et, doucement, Jeanne se laisse convaincre.

– Ça va Little Turtle ? insiste Rosa.

– Oui.

Ce *oui* est trop court. Trop seul pour être honnête. Ce *oui* n'est pas vrai et Rosa ne l'entend pas ainsi. Elle continue de gratter la terre un moment, pose sa pioche, s'agenouille elle aussi et lance à Jeanne :

– Jeu. Oui ou non. Tu as mal quelque part ?

– Non.

– Tu as des soucis ?

– Non.

– Tu es en colère ?

– Oui.

– Tu as peur ?

– Non.

– Tu es triste ?

– Oui.

– Par rapport à moi ?

– Non.

– À Sonia ?

– Non.

– À ton père ?

– Oui.

– Par rapport à sa maladie ?

– Oui.

– Il y a autre chose ?

– Oui.

– On peut en parler ?

– Oui.

– Allez viens, on va s'asseoir.

Le long du muret, près des buttes de fraises, une vieille poutre en bois rongée par les mites sur deux blocs de pierre. Le banc du jardin. Gardien des mots chuchotés sur son dos. Rosa et Jeanne prennent place. Collées serrées car le banc est petit. Le soleil de cette fin de matinée est encore doux et l'érable sycomore, planté au milieu du terrain, géant, royal, superbe, filtre ses rayons qui dessinent de la dentelle sur les joues des filles. Il y a un petit air venu du sud. Tiède pas encore chaud. Une première cigale commence à chanter, bientôt elles seront des dizaines. Le Chat s'est couché aux pieds de Rosa. Une coccinelle s'est posée sur la cuisse de Jeanne, elle la regarde sans la toucher. Elle reste muette alors Rosa reprend :

– Alors Little Turtle, qu'est-ce qui ne va pas avec ton père ?

Jeanne baisse la tête, puis se redresse, observe la pompe du puits, les fanes broussailleuses, avale sa salive et se lance, dit tout ce qu'elle a sur le cœur, avec des hoquets dans la voix :

– Tu sais… c'est difficile avec papa. J'ai même pas osé lui demander ce qu'avait dit le docteur, je sais pas comment m'y prendre, je suis en bad avec ça, avec sa maladie, il a changé, son visage est creusé, j'ose plus l'embrasser, ses joues me font mal. Ses cheveux ont commencé à repousser mais ils sont presque tous blancs. Je sais pas ce que lui a dit le docteur et je crois que je veux pas savoir, je suis flippée, je veux pas savoir si c'est grave, s'il va mourir.

– Je comprends ma belle, ça a été une sacrée épreuve, pour lui comme pour nous, mais c'est fini, ton père va mieux, il est guéri, tu…

– Guéri ? répète Jeanne pour s'assurer d'avoir bien entendu.

– Oui, c'est ce que lui a dit le médecin.

– Cool…

– Il faut maintenant lui laisser le temps de se remettre de tout ça.

– Oui.

– Ça va aller ?

– Oui, même si c'est hard avec papa et maman en ce moment. Je les adore, mais c'est compliqué. Papa est bizarre, avant il faisait que bosser, il avait pas souvent le temps pour moi, mais il avait ce truc qui en impose, genre une force, une présence, dès que j'étais dans ses bras je me sentais protégée, c'était super fort, maintenant c'est le contraire, il est présent, mais il est… j'sais pas comment dire, plus fragile. Je crois que la maladie l'a cassé et je me sens plus en sécurité dans ses bras, de toute façon il me prend plus dans ses bras. Putain ça fait bizarre de dire ça… parce que je culpabilise un peu. Je pense qu'à cet été, aux fêtes, à la plage, à Raphaël qui vient d'arriver… Je suis super excitée alors que je les vois tristes depuis trop longtemps maintenant, et moi j'ai pas envie d'être triste, j'ai envie de vivre à fond.

– Alors surtout, tu oublies la culpabilité, c'est du poison, ça ne sert à rien. Et oui, profite à fond et ne t'inquiète pas, tes parents avancent même si ce n'est pas encore la grande joie.

– Y a pas que la maladie, hein ? finit par lâcher Jeanne. C'est aussi à cause d'elle ?

– Oui, répond rapidement Rosa qui enchaîne, et c'est quoi l'autre truc ?

– C'est… le jour d'Alexandre. Je… Je comprends pas, ça me saoule tellement. J'ai dix-sept ans dans treize jours mais non, le sujet c'est l'anniversaire d'Alexandre qui est au mois d'août ! L'anniv' d'un mort plus important que celui de sa fille, c'est quand même un délire ! Il décroche pas et tu le laisses faire. C'est carrément glauque votre truc. Enfin, tu vois quoi... Vous espérez quoi au juste ?

Rosa ne répond pas. C'est à son tour de baisser la tête et de chercher des réponses dans le tonneau rouillé, la toile d'araignée et le jaune des poivrons.

Robin n'est pas loin. Il vient de rentrer de balade et s'étire derrière le mur qui sépare le chemin du jardin. Il a tout entendu. Le souffle lui manque.

14

Oui, on espère quoi au juste ?

Ma fille, ta question me bouscule et me confronte à l'absurdité de la situation. Un anniversaire posthume, depuis dix-sept ans, n'est-ce pas grotesque ? Difficile pour moi de l'affirmer, tout n'est pas si simple. Le jour d'Alexandre n'est pas qu'une grande supercherie.

Je dois admettre qu'on en fait peut-être un peu trop avec Rosa, mais… Tu n'as pas connu ton grand-père, et je pense que c'est en partie pour ça que tu ne peux pas comprendre. Alexandre était un clown, un vrai, il n'avait pas besoin de nez rouge ni de maquillage. Il était extraordinaire, il faisait de la vie une fête, tout le temps, il ne supportait pas les règles et l'ennui, il n'avait qu'une obsession, être heureux, et pour cela il n'avait d'autre choix que d'être déraisonnable. De l'extravagance en permanence, des paillettes, des coups de théâtre, des chants, et parfois des crises absurdes. Il n'acceptait pas la sobriété imposée aux adultes et ne voulait en aucun cas, sous prétexte qu'il était devenu père, oublier son âme d'enfant. Il avait quelque chose… d'éternel.

On espère quoi au juste ? C'est la bonne question Jeanne, et de nous voir souffler ses bougies année après année, j'imagine que tu trouves ça... pathétique. Tu as sûrement raison.

C'est beau de vous voir toutes les deux, Rosa et toi. Vous vous ressemblez, je te devine dans les photos de Rosa au même âge. Ma mère était une très belle femme, est toujours une très belle femme, mais autrement... Le corps qui rouille et se plisse, les yeux qui se voilent, les oreilles qui s'abandonnent, les cheveux qui pâlissent, crinière noire puis poussière blanche, la vieillesse est un étrange processus, beaucoup en ont peur, pour moi c'est tout le contraire à présent, je me dis que c'est une chance de ne pas partir trop tôt. Le médecin m'a dit que j'étais en rémission, je vais pouvoir sentir les années froisser ma peau... C'est « cool » comme tu dis. C'est même beaucoup plus que ça, j'ai du mal à trouver les mots tout comme j'ai du mal à savoir que faire avec les tiens, de mots. Je suis toujours là, tu sais ? Non, tu ne sais pas parce que je ne dis rien. Je m'en veux tellement de t'imposer tout ça, j'aimerais pouvoir t'écouter, te parler, te rassurer, être un père aux super-pouvoirs, mais je... J'ai encore quelques réglages à effectuer, les bistouris de l'hôpital ont déchiré ma cape de super-héros. Oui, il faut que je décroche de cet anniversaire, de ce rituel. Elvis a raison, j'ai tout mélangé. Alexandre a encore une fois fait diversion... Comment je fais maintenant ?

15

La Villa des Ronces, bâtisse bourgeoise datant de 1833, a été achetée par la famille de Rosa à la fin du XIXe siècle. Elle a été baptisée ainsi par Sofia, l'arrière-grand-mère de Rosa, femme fantasque et cultivée, qui croyait à la douceur des orties. Marie, la grand-mère de Rosa, est née et a grandi entre ses murs. Louise, la mère de Rosa, est née et a grandi entre ses murs. Rosa est née et a grandi entre ses murs. Elvis et Robin sont nés et ont grandi entre ses murs. Jeanne est née entre ses murs.

Robin et Suzanne occupent toujours la chambre sous les toits de la maison. Ce matin, Robin est assis dans le lit, immobile pour ne pas réveiller Suzanne, et se souvient de cet été-là…

Ils avaient investi la chambre avec ses poutres tordues et ses murs ocre. Tout était comme d'habitude. Le vent chaud dans les rideaux de lin, le cliquetis de la fontaine près du chêne-liège, la rumeur de la cuisine, le parfum des lavandes. Tout était différent. La voix d'Alexandre avait disparu, les rires formidables de Rosa aussi et un accouchement se préparait.

Dans la nuit du 21 juillet, Suzanne, allongée dans son lit, le ventre rond, les seins alourdis, s'était réveillée. Trempée. Elle avait d'abord cru à de la transpiration. Elle s'était levée pour se rafraîchir quand elle avait senti le liquide dégringoler le long de ses cuisses.

– Je crois que je perds les eaux, avait-elle murmuré.

Tu as dit ça si doucement que je n'ai rien entendu, je dormais. Tu n'as pas répété, tu es restée calme et sereine. Aucune contraction, seulement cette cascade chaude entre tes jambes. Tu as tout préparé. Ce moment t'appartenait. Et tu avais décidé que ce serait ainsi que tu ferais. Tu as retiré ta culotte et tu es restée un moment assise dans le fauteuil de velours vert, face à la fenêtre grande ouverte et à la nuit. Tu as laissé le liquide s'échapper sans te préoccuper du velours sous tes fesses. Deux heures ainsi, tes mains sur ton ventre, puis la première contraction est arrivée, discrète, puis la deuxième, puis la dixième, te volant un cri silencieux, prélude d'un chant animal qui allait bientôt envahir cette pièce, cette maison, ce village, l'univers tout entier. Je me suis réveillé et j'ai couru vers toi, emportant avec moi la lampe de chevet. Tu n'as pas parlé, tu as pris mon visage entre tes deux mains, tu as plongé tes yeux dans les miens puis tu m'as embrassé dans un grand sourire. Nouvelle contraction et les minutes sont devenues des heures, la lune a disparu pour laisser place à l'aube, orange, chaude. Les contractions se sont faites de plus en plus fréquentes et douloureuses, décharges électriques comprimant ton ventre, écrabouillant tes os, déchirant ta chair, poignardant ton sexe. Des contractions, des pauses, le souffle épuisé, tu as réussi à reprendre des forces avant la nouvelle salve. Des piques percutant tes viscères, des pinces étirant tes boyaux, sueur suintant par tous tes pores, ton regard perdu, ton souffle court et des lames dans ton vagin. Plus d'air, déjà midi et ma main broyée par la tienne. Toi, guerrière, animale, imperméable au dehors, recroquevillée dans ton squelette, ton hurlement de louve, continu, tes gémissements. Puis la tête de notre enfant cherchant le soleil, son crâne dans ton pubis, tu as senti les couteaux par centaines, tu as poussé, des épées t'ont transpercée, tu n'étais plus là, tout entière dans cet effort monumental, tu as poussé, tu as grogné, mordu, frappé, tu n'avais plus de peau, plus de corps, tu l'avais quitté car trop de douleur, tu étais seule, tu étais belle, tu grimaçais, tu tremblais. Notre bébé est arrivé entre tes jambes, ses épaules contre ton vagin, tu as tendu les bras, poussé, touché sa tête, poussé, ses épaules, poussé. J'ai recueilli notre fille et je l'ai posée sur ton ventre, puis plus un bruit, pour son premier cri, à 14 h 36. Et les contractions ont repris.

Ce cri, c'était hier. Je te regarde ma belle endormie, quelques fils d'argent sous tes cheveux bruns, tes rides au coin des yeux, non, ce n'était pas hier. Jeanne a poussé ce premier cri il y a dix-sept ans, tu en as aujourd'hui quarante-trois et tu n'es plus cette jeune louve, mais ta beauté est toujours là, différente et intacte.

La lumière du soleil éclaire maintenant la chambre. Suzanne est debout devant le miroir, habillée d'un short et d'un tee-shirt noirs. Robin est toujours à la même place et fait mine de lire un article sur son téléphone. La baffle posée sur la commode diffuse une musique relaxante. Suzanne rassemble ses cheveux en un chignon et commence ses étirements. Les mêmes, tous les jours, depuis ses dix ans. Robin ne lit pas. Robin ne la quitte pas des yeux. Tête vers l'avant, vers l'arrière, côtés, cercles. Épaules, en haut, en bas. Buste, décalage vers l'avant, la droite, l'arrière, la gauche, cercle. Dans l'autre sens. Jambes pliées, mouvements du bassin, même logique des quatre extrémités puis cercle. Dans l'autre sens. Une fois les isolations terminées, Suzanne s'assied sur son tapis de mousse. Ses jambes tendues vers l'avant, elle attrape ses pieds avec ses mains et étire le haut de son corps le long de ses cuisses.

Tu ne fais pas ces exercices pour la performance ou le galbe, cette discipline t'est tout simplement vitale. L'art du geste est ton langage et les fresques invisibles que dessinent tes bras sont tes paroles, ta vérité. Tu n'es pas une bavarde et les mots qu'on dit avec la bouche ne sont pas une évidence pour toi, tu préfères ceux du regard, de la caresse ou de l'étreinte. Ce vocabulaire du corps est le tien et il me convient parfaitement même si tu passes parfois pour une asociale. Quelqu'un qui se tait, ce n'est pas normal. Les animaux se reniflent lorsqu'ils se rencontrent, j'ai remarqué que tu étais plus à l'aise avec eux. J'aime ta voix si singulière, c'est elle qui m'a séduit.

Je m'inquiète pour toi car je te trouve très fatiguée. Tu as du mal à sortir du lit le matin, tu peux t'assoupir plusieurs fois par jour, tu as des maux de tête et tu manges peu. Tu me dis que ce n'est rien et que ça va passer. Ce n'est rien... Alors pourquoi tu ne m'embrasses plus ? Pourquoi tu n'as plus envie de mon sexe dans le tien ? Pourquoi tu gardes cette distance protectrice de celle qui a peur ?

Une photo qui n’existe pas

/clic/

Sous le mûrier centenaire, une nappe
négligemment posée sur la table, un bouquet
dans un vase, les chaises sans personne alignées.
Au milieu de la rangée, debout, droit et fier,
Alexandre avec sa petite-fille de quelques heures
dans les bras.

/clac/

16

C'est un matin comme hier et comme demain. Soleil et ciel bleu. Parfum d'herbe dans le jardin. Rayons chauds et dorés perçant les feuillages. Confitures sur la table de pierre. Fraîcheur de la nuit encore sous les pieds.

Suzanne arrive la dernière. Elle a mal dormi. Ce n'est pas nouveau, des années que les ténèbres s'invitent et noircissent ses nuits. Elles l'accompagnent insidieusement, avec des rêves angoissants et étranges. Suzanne se réveille souvent en suffoquant, cherchant de l'air et transpirant. Mais ce n'est pas qu'un malaise nocturne, les jours de Suzanne subissent aussi ces assauts obscurs. Usant, petit à petit, ses humeurs, sa patience, son énergie, ses envies. Suzanne s'assied dans le fauteuil près de Jeanne. Elle a les poings serrés et quelque chose de lourd pèse encore sur sa cuirasse, mais elle parvient à offrir un bonjour souriant à tous.

Jeanne est un ogre ce matin. La soirée d'hier au bar des Tilleuls, son cœur battant pour Raphaël, la victoire de l'équipe de France, ses hormones en pleine effervescence, tout cela lui ouvre l'appétit. Elle dévore tout ce qui se trouve sur la table, racle la chair des kiwis, roule le jambon avant de le gober en une bouchée, se sert de grands verres de jus d'orange, tartine ses tranches de pain de beurre, de pâte à tartiner, de marmelade, de miel. Elle est bruyante et prend beaucoup de place. Rosa, le nez dans un bouquin, n'y prête pas attention. Robin se tait et dévisage Suzanne immobile près de sa fille qui gesticule. Elle est droite, rigide et gratte l'accoudoir en osier. Il sait que Suzanne gratte pour garder son sang-froid, pour ne pas s'énerver contre sa fille qui se croit seule au monde. Qu'elle gratte pour se donner une contenance et ne pas laisser ses démons prendre les commandes. Elle gratte. Puis ne gratte plus. Jeanne vient de renverser le verre d'eau entre leurs deux assiettes. Le verre est tombé silencieusement sur la nappe. La nappe a bu un peu du liquide avant que celui-ci poursuive sa route, goutte à goutte, sur les cuisses de Suzanne. Suzanne ne gratte plus l'osier du fauteuil. Suzanne a la tête baissée sur ses genoux. Suzanne attend le pardon de sa fille qui ne vient pas. Suzanne ne gratte plus. Se fissure. Et, d'une voix glaciale et claire, lui dit :

– Tu te dépêches de t'excuser.

Suzanne n'a pas crié. N'a pas articulé démesurément. Au contraire, sa mâchoire verrouillée a bloqué les mots dans ses dents. Injonction presque susurrée, et pourtant, tout, autour, se fige. Tout est contenu dans cette phrase. La noirceur envahissante qui durcit les os de Suzanne depuis des semaines et la masse bilieuse qui l'endommage.

Personne ne réagit. Alors Suzanne, démasquée, trop honteuse pour baisser les armes, répète :

– Tu te dépêches de t'excuser.

Les mots sont moins serrés et le timbre plus vif. Jeanne, complètement abasourdie par cette agression matinale, finit par répliquer :

– Mais qu'est-ce qu'il te prend ? C'est qu'un verre d'eau ! Tu vas quand même pas te mettre dans un état pareil pour un verre…

– D'eau ! Un verre d'eau ! Tu l'as déjà dit ! Et moi je te demande de t'excuser ! C'est trop compliqué ? Tu fais un boucan d'enfer depuis tout à l'heure, tu passes tes journées dehors, tu fais ta vie, t'en as rien à foutre de la nôtre, et t'es même pas foutue de t'excuser quand tu renverses un verre d'eau sur ta mère ?!

– Suzanne, tente d'intervenir Robin, calme-toi, tu…

– Je quoi ? J'en fais trop ? Ah mais oui, pardon, t'as besoin de calme toi en ce moment, t'as failli mourir alors faut qu'on prenne soin de toi. Hein, c'est ça ? Et puis ta fille chérie aussi, il faut prendre soin d'elle, c'est notre princesse, faut tout lui pardonner. Hein ? Et moi, vous pensez à moi parfois ? Quand est-ce qu'on prend soin de moi ? Quand est-ce qu'on me pardonne ?

Robin comprend et se tait.

Jeanne ne comprend rien, balance sa chaise et quitte la table.

Rosa se lève et s'approche de sa belle-fille. Elle pose ses mains sur ses épaules et tente de l'apaiser par ce geste. Suzanne reste prostrée.

Impuissant, je suis impuissant. J'aimerais te rejoindre et prendre la place de ma mère pour te rassurer. Je suis le mari, le père, je devrais me lever et remettre tout le monde d'aplomb, mais je ne peux pas, personne ne m'a appris à être l'homme de la situation. Celui qui devait m'expliquer comment grandir était trop occupé à faire le pitre pour déjouer les réalités trop adultes, trop dramatiques, de l'existence et du temps. Père-enfant, il a fui toutes responsabilités de peur de mourir asphyxié. Je suis un petit garçon avec des rides et presque chauve, je tremble encore dans la pénombre, comment veux-tu que je t'aide ? La crevasse est trop grande et je n'ai toujours pas assez de terre sous mes pieds. Je commence tout juste à retrouver confiance, à intégrer que je suis en vie, que mon corps n'est plus malade. Je commence tout juste à avoir envie de toucher, de sentir, de manger, de croire. Je commence tout juste à neutraliser les bombes que j'ai moi-même amorcées, l'édifice est encore si fragile. Où trouver la force ? Comment te soutenir alors que j'ai déjà du mal à tenir debout ?

La voix de Rosa offre une respiration :

– Suzanne, tu as peut-être besoin de parler. Je connais une très bonne thérapeute. Elle m'a beaucoup aidée et je…

– Merci Rosa, la coupe Suzanne, mais je n'ai pas besoin d'un psy. Je sais ce qui ne va pas, ça va passer… ça va passer.

Suzanne est une forte tête, et insister ne ferait qu'aggraver le problème. Un court silence s'installe puis Robin se lance. Il ne sait pas d'où vient cet élan, cette idée, mais se laisse emporter par elle. Il dit :

– On devrait aller aux Jardins Suspendus cet après-midi. Avec Jeanne, tous les trois.

17

Elle aurait pu profiter du calme de la maison pour faire une sieste mais, à soixante-dix ans passés, Rosa ne fait plus de sieste. Encore deux, dix ou vingt ans, elle ne sait pas combien de temps il lui reste, et comme elle ne sait pas, hors de question de perdre une seconde.

Elle vient de préparer une citronnade avec les fruits charnus du citronnier sous le porche. Elle l'a faite sous le soleil de midi, assise à califourchon sur le banc du jardin. La passoire débordant de citrons dorés posée face à elle sur la poutre. Entre ses cuisses, le presse-agrume. Avec son vieil Opinel, elle a coupé les citrons et les a pressés un à un. Et s'est amusée à lancer les moitiés vides dans le compost comme on lancerait un ballon dans un panier de basket. Elle n'a manqué qu'une fois sa cible. Elle a souri en pensant à Alexandre qui, tel Don Quichotte, avec une pelle en plastique en guise d'épée, en équilibre sur son monocycle, aurait pesté en la voyant mettre des agrumes dans le compost. Elle a versé le jus dans le broc au fur et à mesure. Elle a sucé ses doigts et savouré l'acidité du nectar. S'est ensuite levée pour ramasser la moitié de citron hors-jeu et la remettre dans le composteur.

Alexandre est resté près d'elle, non pour la surveiller mais pour lui tenir compagnie. Une compagnie tenace. Une silhouette bien trop dense, aux contours larges. Rosa sait que cette présence n'est pas dessinée au feutre indélébile. Elle la voit d'ailleurs qui commence à s'effacer. Encre délavée s'évaporant doucement dans la chaleur de l'été.

Rosa s'est allongée à même le sol dans le grand carré d'herbe derrière le mûrier. Étoile de mer sur gazon, elle a relevé sa robe de lin jusqu'en haut de ses cuisses et sent chaque brin imprimer la peau de ses mollets. Elle les sent aussi s'incruster le long de ses bras. Rosa ne dort pas, elle médite. Elle se connecte à la nature et tente de se rencontrer en entier. De définir exactement ses contours et d'estimer la profondeur de ses chairs. De contacter son inconscient sans le soumettre à son conscient. De lâcher prise. Ne plus penser. Ne plus désirer. Ne plus attendre.

La septuagénaire a été une femme hyperactive et voluptueuse. Elle en a passé du temps à travailler, à remplir des vides, à créer des souvenirs, à occuper l'espace, à crier plus fort, à rire plus fort, à aimer plus fort. Elle a eu cette soif qui court après la jeunesse avant qu'elle ne s'échappe. Elle a connu les nuits d'insomnie quand les jours ne suffisaient plus. Rosa Merendeira, née Lefèvre, a été fougueuse et passionnée, plus sauvage que sage, aventurière des grands chemins. Debout à l'aube pour les grands départs, tête de cortège dans les manifestations, seule face à la foule avec ses discours, première de cordée sur les sentiers escarpés. Rosa Merendeira, femme du Grand Alexandre Merendeira mais Grande Rosa avant tout.

Elle a bu quinze tequilas frappées un soir de juin à San Cristóbal de Las Casas, a chanté toute une nuit *La Vie en rose* sur le pont d'un navire qui s'épuisait dans une mer chaotique au large de Madère, a peint des graffitis sur les murs d'une prison qui détenait une femme condamnée pour homicide sur mari violeur et violent, a embrassé avec fougue Jean-Pierre Marielle en tournage à Lomet le 14 août 1976. Elle a giflé, elle a soutenu, elle a supplié, elle a menti, elle a voté, elle a griffé, elle a volé, elle a choisi, elle a tu, elle a supporté, elle a prié. Elle a fait tout ce qu'elle pouvait pour fuir. Pour oublier ce qui avait perforé son corps de jeune fille. Pour anéantir ce regard, cette odeur dégueulasse, ce râle, ce poids d'homme sur son poids plume. Pour ne plus se rappeler son oncle porcin garant fièrement son Alfa Romeo dans la cour sous le regard émerveillé des autres enfants. Du mouvement. Un tourbillon. Pour enfin réussir à ne plus partir. Apaisée.

Une accalmie fragile, sans cesse éprouvée, désarçonnée. La quiétude est un luxe que Rosa tente de cultiver malgré les tourments. À chaque fois une nouvelle marque douloureuse qu'il faut venir panser. Jusqu'au jour où s'abat quelque chose de pire qu'un monstre lacérant les draps. Où la vie déchire vos enfants et les enfants de vos enfants. Séisme après lequel il faut retrouver l'équilibre. Toujours éphémère.

Aujourd'hui, c'est ici que réside la quête de Rosa. Dans cette immobilité sur l'herbe. Dans ces instants de rien où l'on se sent pleinement relié à soi. Dans ces espaces immenses offerts par le silence. Celui du dehors lui importe peu. Ce qu'elle recherche Rosa, c'est une paix intérieure. Sans attente particulière si ce n'est une sensation d'harmonie, une connexion immédiate et dénuée d'intérêt avec l'univers. Rien de prétentieux. Rien de vain. Une simple disponibilité. Non contrainte. Un état. Être là. Dans ce parfum de verdure discret, dans cette lumière derrière les nuages, dans ces racines sous les feuilles, dans ces rivières souterraines. Être là, dans ce souffle d'air imperceptible, respiration de ceux qui ne respirent plus.

18

Les Jardins Suspendus. Sommet du monde, surplombant la rivière claire, où les rêves peuvent naître à l'abri de la roche, dans la douce langueur de l'été. À l'origine de ces carrés de terre agrippés aux falaises, la sueur de quelques hommes ayant besoin de cultiver des légumes au pays de la pierre. Survivre. Créer un espace fertile pour se nourrir. Bouger les blocs, apprivoiser le vide et récupérer la pluie, s'adapter à la caillasse, tenter de la modeler pour dessiner, à des dizaines de mètres au-dessus de l'eau, des jardins.

Abandonnés depuis une soixantaine d'années, il n'y a plus de plants, plus de rhizomes, plus de paillis, les ronces et les broussailles sont reines mais les terrasses sont toujours là, belvédères grandioses veillant sur les gorges calcaires et la rivière serpent.

Robin est assis sur un rocher à l'aplomb de la paroi. Suzanne est quelques mètres derrière lui, les jambes en tailleur, adossée contre le tronc d'un chêne. Jeanne est en retrait, sur la terrasse précédente, cherchant des rayons d'ombre dans ce désert de craie. Cherchant surtout à garder la distance. Elle n'a pas lutté quand son père lui a dit qu'ils partaient tous les trois aux Jardins Suspendus. Jeanne avait prévu de rejoindre Sonia, Émilie, Raphaël et les autres mais, en voyant la mine défaite de ses parents, elle avait vite compris qu'il ne fallait pas discuter.

Ils sont tous les trois plantés là, dans le sol aride, blessés comme des cades brûlés par les feux de l'été. Robin devrait prendre la parole, expliquer le pourquoi de cette réunion, exprimer le malaise qui le ronge, les ronge, insidieusement. Mais ça ne vient pas, trop difficile de nommer ce qu'il ressent. Dire ce qui se passe vraiment, ça fonctionne quand on sait. Mais quand on ne sait pas, quand on ne sait pas comment faire avec notre femme qui ne nous embrasse plus et notre fille qui ne nous sourit plus ? Comment faire quand les phrases pour nos êtres les plus chers se refusent à nous ? Comment faire quand on ne sait plus aimer ?

Contre toute attente, c'est Suzanne qui se met à parler. Sa voix n'est pas très sûre et ses mots hésitent. Elle en essaie un qui ne l'emmène pas. Un autre. Se tait. Baisse la tête. La relève. Reprend.

– Depuis septembre dernier… Non, avant, oui bien avant déjà. C'est oppressant à la maison, nous n'arrivons plus à nous parler, nous ne faisons plus rien ensemble et… J'ai un peu exagéré ce matin mais ça commence à être très dur à supporter et je n'ai plus la patience et…

– T'aurais pas dû me parler comme ça, l'interrompt Jeanne. Je t'ai rien fait moi, c'est vous qui êtes mal, au début je pensais que c'était que papa avec sa maladie mais en fait non, t'es aussi mal que lui et il faudrait faire quelque chose parce que moi j'en ai marre de…

– Jeanne, intervient Robin, calme-toi, doucement… Tu ne fais pas la leçon à ta mère s'il te plaît.

– Je ne lui fais pas la leçon je lui dis ce que je ressens !

– Laisse-la parler Robin… Je crois que nous sommes venus ici pour ça. Jeanne, tu me trouves comment ?

Jeanne, désemparée par cette question si directe, perd son assurance :

– Eh bien, je… Je sais pas trop… Tu es… C'est difficile à expliquer. Tu souris moins, tu ne me poses plus de questions, tu me reprends tout le temps, tu… Tu es triste. Et j'ai l'impression que c'est de ma faute. Parce que moi je suis en vie.

Cette dernière phrase agit comme une grenade dégoupillée dans le cœur de Robin et Suzanne. Robin ne pense plus à la balafre sur son ventre et à la rouille derrière. Suzanne se sent prise d'un vertige, la rumeur noire qu'elle trimballe semble dérisoire tout d'un coup. Leur fille, leur bébé sourire, souffre et ils n'ont rien vu. Des fourmis dans les jambes, du rouge sur la peau, de la buée dans les paumes des mains, de la honte. Partout de la honte. Suzanne suffoque quand Robin voudrait disparaître. Tellement longtemps qu'il est obnubilé par ses propres maux qu'il ne voit plus les autres. Ses proches, ses amours. Suzanne sent ses quarante-trois années lourdes sur ses épaules, comme des poupées de chiffons, une pour chaque saison, accrochées à ses muscles, les enserrant jusqu'à l'épuisement, jusqu'à la cécité. Parce que le vieillissement des chairs, parce que le deuil, parce que la peur des répétitions et des anniversaires. Honte. Suzanne et Robin ont honte de s'être recroquevillés sur eux-mêmes, d'avoir alimenté leurs asphyxies, de s'être laissé entraîner dans ce tourbillon égocentré. Mais ils n'ont plus assez d'air pour parler. Silence.

19

Les tomettes du salon sont fraîches. Parce que les volets sont fermés et que les murs de pierre sont épais. La chaleur des heures blanches est tenue à l'écart, dehors, là où le vert des arbres et l'eau des rivières peuvent aider à supporter la canicule. À l'intérieur, on cloisonne pour tenter de garder la douceur de la nuit. La pénombre du jour, créée par les persiennes, participe à cette impression de fraîcheur. Les fenêtres entrouvertes laissent passer un filet d'air qui gonfle les voilages. La rumeur des cigales s'immisce dans le salon où canapés, fauteuils, chaises et coussins se côtoient dans le désordre, flânerie des uns aux autres. Des piles de livres et de disques occupent le sol. Sur deux des murs, des tableaux, grands et petits formats, acrylique et aquarelle, signés par Alexandre, Rosa, Elvis, Robin et d'autres. Sur un troisième, des centaines de photos, couleur et noir et blanc, d'ici et d'ailleurs, un bateau, des portes, des visages, des trains, beaucoup de trains. Aucun cadre sur le quatrième, réservé à la cheminée, souveraine de cette pièce grandiose, aux plafonds hauts et aux vieilles boiseries. Il y a aussi des chandeliers, des bougies, des cendriers de tous les pays, de l'encens sur les tables basses, des tentures ocre, des lampes sur pied. Robin est dans le salon.

Les filles sont parties à la plage du Barquetier. Rosa ne leur a pas laissé le choix, elle leur a dit qu'elle avait besoin d'elles pour une série de photos qu'elle souhaitait faire dans le courant. Prétexte pour les aider à renouer. Mère et fille, amour fragile, tissé de colère et de complicité. Lien du sang, incolore et invisible, faisant pourtant de sa peau la sienne. Du souffle de l'une jaillissent les respirations de l'autre. Symbiose entre la louve et son petit. Derrière tes yeux, les miens et dans ta main, pour toujours, la mienne.

Rosa parle beaucoup pour remplir le vide laissé par celles qui l'accompagnent. Ne pas forcer. Petit à petit. Mais quelques minutes devant l'objectif suffisent à gommer les grimaces et apaiser les tensions. Au dernier *clac*, Jeanne enlève sa robe pour se jeter dans la rivière. Suzanne, éblouie par le soleil qui a ravivé ses migraines, retourne à l'ombre près des bicyclettes.

Dans la maison, seul, dans le salon, seul, les pieds nus sur le sol frais, seul, Robin tient un 33 tours. Il sort religieusement le disque de sa pochette. Il regarde le vinyle quelques secondes, sourit et le pose sur la platine. Il savoure l'instant, le presque silence de ce début d'après-midi, le disque tourne un temps puis, avec délicatesse, Robin place le diamant sur les sillons. Les chœurs se lancent et remplissent l'espace de leurs « *Aaaah aaaah aaaah aaaah* », la batterie s'invite et entraîne le swing et la voix de David Bowie. Robin ferme les yeux. Et le premier « *Let's dance* » impose sa toute-puissance. Il attrape Robin, s'infiltre en lui, s'imprime sur toute sa surface, fait frissonner sa peau, la froisse avec fougue, lui prend la main, l'entraîne, vers le haut.

Pardonner. « Quand est-ce qu'on prend soin de moi et qu'on me pardonne ? » Robin est en train de décoller quand cette phrase de Suzanne lui revient. Il se souvient. N'occulte rien. Cherche un instant.

Je n'ai rien à te pardonner. Je n'ai rien à te pardonner puisqu'il n'y a pas eu de faute. Tu es une danseuse qui danse, une danseuse qui, enceinte, a continué de danser. Tu n'as rien fait de mal, il n'y avait aucune contre-indication, tu étais en pleine forme, tu avais des engagements à tenir, tu rayonnais. Notre bébé n'était pas prêt pour ce monde, il est mort trop tôt, trop tard, il était pourtant tout entier. Pardonner, il n'y a rien à pardonner car ce n'est pas de ta faute, tes arabesques n'ont rien à voir avec sa disparition.

Anthony Quinn mourait, la station orbitale Mir se désintégrait dans l'atmosphère au-dessus du Pacifique sud, Michel Desjoyeaux gagnait le Vendée-Globe en quatre-vingt-treize jours, trois heures et cinquante-sept minutes, une loi autorisait le mariage entre homosexuels aux Pays-Bas, Benicio del Toro remportait l'ours d'argent du meilleur acteur à Berlin et Suzanne continuait de danser avec son ventre rond. Il n'y a rien à pardonner et pourtant Robin n'arrive pas à le dire à sa bien-aimée qui veut qu'on lui pardonne.

Robin a cherché longtemps ce pardon indicible, affligeant un peu plus, année après année, ce deuil impossible. Aggravant l'érosion des parents meurtris. Parents de l'enfant mort. Mais parents de l'enfant toujours vivant. Jeanne.

Je prends conscience aujourd'hui de l'épaisseur de ce voile noir, son étendue, sa force, opacifiant les contours pour contenir notre tragédie, omniprésent. Mais il est bien trop dense, son encre sombre bave sur notre monde et nous isole en silence. C'est si loin, cela suffit. Ce qu'a dit Jeanne, ce n'est pas rien, on ne peut pas l'ignorer. Je me souviens de la main d'Elvis sur mon épaule, quelques mois après le drame. On terminait un footing et on s'étirait près des rambardes du belvédère Kondiaronk avec, au-dessous de nous, Montréal, rouge, jaune, orange, entre ses buildings. Des enfants, emmitouflés dans leurs anoraks, ont fait une ronde autour de nous, une simple ronde, ribambelle de couleurs, j'ai craqué d'un coup, j'ai baissé les bras et je me suis agenouillé sans un bruit, sans un sanglot. Mon frère s'est accroupi, m'a enveloppé de toutes ses forces et m'a dit que je pouvais lui parler, qu'il était là. Je n'ai rien dit.

« *Let's dance!* » La mélancolie s'échappe. La libération approche. Les deux bras de Robin se lèvent et commencent par s'étirer vers le plafond. Puis ses mains, doigt après doigt. Le tempo les gagne et elles fendent l'air en rythme. Leur mouvement se prolonge dans les coudes, les épaules, la nuque, le bassin, les genoux, les pieds de Robin. Robin danse. Robin déchire le voile. Robin revit. Transe les paupières closes pour un instant de grâce. Être là, dans cet élan exalté et léger, capable de dessiner des sourires et d'apaiser les souffrances. Danse. Pour pleurer de sueur et devenir seigneur. Danse. Pour survivre à la mélancolie. Pour croire encore. Danse. Danse.

« *Let's dance* ». Un instantané hors du temps, insaisissable. Être là et s'en satisfaire, ne pas se demander où se situe la fin, s'il y aura une fin, ne rien attendre de plus, être là.

Robin gesticule sur *Let's Dance*, *China Girl*, *Modern Love*. Il s'élève encore pour mieux respirer. Et il déclame à haute voix, au-dessus de celle de Bowie, les vers du poème tatoué au plus profond de son être :

Et il y a z aussi
Tout ce que je connais
Tout ce que j'apprécie
Que je sais qui me plaît
Le fond vert de la mer
Où valsent les brins d'algues
Sur le sable ondulé
L'herbe grillée de juin
La terre qui craquelle
L'odeur des conifères
Et les baisers de celle
Que ceci que cela
La belle que voilà
*Mon Ourson, l'Ursula**

Robin occupe chaque centimètre, saute au-dessus des coussins, se glisse entre les meubles, s'étire le long des murs, embrasse les coussins. Il respire et rit. Parfois un cri lui échappe, de joie et d'allégresse, ça fait trembler ses lèvres et ça lui met des sanglots de bonheur dans la gorge tellement c'est bon.

Suzanne a posé son vélo contre le portail. Elle marche avec ses tongs sur les graviers de l'allée. Elle est venue récupérer en vitesse ses lunettes de soleil oubliées à la villa. Elle entend la voix de Bowie qui couvre le chant des cigales. Elle sourit et chante avec lui. « *Modern love walks beside me. Modern Love walks on by* ». Cet album, elle le connaît par cœur. Elle et Robin l'ont écouté en boucle des étés durant, les poitrines légères et les têtes flambées au rhum. Suzanne ralentit pour savourer chaque note. Son pas

* Extrait de *Je voudrais pas crever* de Boris Vian.

régulier change de cadence. Pas chassés vers la façade bouillante. Quelques déhanchés. Petits tours jusqu'à la porte du salon. Entrouverte. À l'intérieur, Robin et ses sauts extraordinaires. Suzanne ne bouge plus. Elle est happée par cette vision céleste. Cet homme qui s'élance et qui plane dans la maison est son amoureux. Elle le reconnaît. Il est là dans son intégralité. Aucune pièce ne manque. Il est comme réparé. Il est beau. Et en plus il sait voler.

Suzanne recule légèrement, pour ne pas se faire remarquer. Elle ne le quitte pas des yeux. Il a enlevé son tee-shirt. Tellement longtemps qu'elle ne l'avait vu ainsi... Il n'a pas changé, il est comme avant, il est même mieux, les brûlures offrent de nouvelles peaux. Elle le dévore du regard et redécouvre son cou, ses bras, son nombril qui vibre au bas de son torse. La cicatrice épaisse qui tronçonne son ventre serpente le long de ses abdominaux. Reptilienne, elle met à nu l'antre sauvage de Robin et ces nouvelles écailles lui vont très bien. L'énergie qui se dégage de lui éclaire les murs blancs, comme le reflet de l'eau, et tout brille. Les rideaux volent à l'horizontale. Et Robin continue ses bonds. Infatigable. Il n'a jamais su danser. Enfin, il n'a jamais voulu. Combien de fois Suzanne lui a-t-elle pris la main pour qu'il la rejoigne sur la piste ? Des centaines. Suzanne se retire à présent, remplie de tout ça. Elle fait un détour rapide et discret par la cuisine, attrape ses lunettes, court sur les graviers pour ne pas être vue. Sur son vélo, sa jupe et ses cheveux dans le vent, Suzanne se dit qu'elle irait bien au bal avec son fiancé.

Une photo qui existe

/clic/

Sur les rochers, Suzanne et Jeanne face à face.
Elles font la même taille et ont le même nez.
Leurs bras le long du corps, elles ne se touchent pas.
Et pourtant, leurs mains, derrière les plis du tissu,
semblent tendues l'une vers l'autre.
Une étreinte invisible.

/clac/

20

Les jours passent. On ne parle plus du jour d'Alexandre. Les mots de Jeanne n'ont fait que confirmer ce que tout le monde savait déjà. Ce rendez-vous doit cesser. Le jeu qui n'en était pas un est terminé. Il n'est plus possible de tricher. Plus de joker.

Robin sent pourtant qu'il est encore dans un entre-deux. Il ne s'entête plus, mais il y pense toujours, et un autre deuil refait surface. Son père était un clown magicien et le petit garçon qui s'accroche à lui n'arrive pas à valider sa disparition, toutes les disparitions. Des lapins surgissent des chapeaux, ses morts pourraient très bien réapparaître derrière un arbre, dans une baignoire ou un hamac. Il suffirait d'un coup de baguette enchantée, d'une ou deux formules tarabiscotées, pour qu'un nuage de fumée les ramène à nouveau dans la Villa des Ronces. Il suffirait qu'une météorite vienne percuter la Terre pour les réveiller. Il suffirait qu'une sirène surgisse de la rivière et leur chante *Don't stop me now* pour les faire sortir de terre. Il suffirait d'un vaudou avec du sang de poulet et une poupée moustachue pour que leurs cœurs se remettent à battre.

Il suffirait.

Il suffirait d'y croire encore.

Mais, quand un petit garçon prend de l'âge, son espoir s'essouffle. Ses poumons rétrécissent et ne peuvent plus contenir autant de merveilleux qu'avant. L'espace se restreint et ne s'embarrasse plus du superflu. Et la magie disparaît comme l'espérance.

Il suffirait.

Il suffirait d'y croire encore.

Il y a pourtant des hommes, comme le Grand Alexandre, qui sont capables du contraire. Chez qui les poumons grandissent au fil des années. Pour plus d'inspirations. Pour plus de féerie. Pour plus de rêve et d'illusion.

Il suffirait.

Il suffirait d'y croire encore.

Mais Robin ne peut pas. Ne veut plus. C'est difficile, mais il sait qu'il doit se détacher d'eux. Il doit les laisser mourir et accepter qu'ils emportent avec eux leurs desseins fantastiques, leurs mystères, leurs rires éclatants, leurs vies éternelles. Robin fait un pas de plus chaque jour vers une vie sans eux. Il aurait dû le faire il y a bien longtemps, mais jusque-là il croyait encore à l'immortalité. Les blouses blanches, les lames sur sa peau, ses mains agitées lui ont prouvé le contraire. La mort existe. Elle n'est pas qu'une rumeur. Elle est la seule issue. Le Grand Alexandre n'est plus et ne reviendra plus. Et Robin se rend compte qu'il le savait déjà. Que tout cela, cet anniversaire et son cortège de rituels absurdes n'étaient qu'un artifice, une mascarade pour faire illusion et occulter l'impossible : la mort d'un enfant.

Robin est dans le hamac et il observe les feuilles au-dessus de lui. Elles frémissent, une par une, et, ensemble, forment une fresque hypnotique. Envoûtement. Robin se balance doucement, les fixe, caresse le tissu de sa main droite, respire profondément le parfum des lavandes, et se répète en boucle la liste du père.

Alcool. Musique. Hystérie. Sexe. Ivresse. Horizon. Liberté. Enfant. Envie. Soleil. Rire. Poésie. Voyage. Baisers. Magie. Plaisir. Vices. Art. Rêves. Étreintes. Chant. Inconscience. Foudre. Sauvage.

Sauvage. Robin répète ce mot et comprend que cette ribambelle sans queue ni tête est un mantra. Qu'elle est un manuel de survie qu'Alexandre a souhaité partager avec eux. Sans autre but que de leur tenir la main encore un peu. Épuisé par les vagues émotionnelles de ces derniers jours, Robin ferme ses paupières sur les feuilles lumineuses et s'endort.

Jeanne est allongée sur un grand paréo, ses orteils chatouillés par l'herbe dense. Elle fait défiler les posts Instagram sur son portable. Elle fait ça vite. Les informations visuelles s'enchaînent et elle s'en abreuve. Elle est fatiguée. La chaleur est torride aujourd'hui. Difficilement supportable. Le moindre mouvement est un effort. Suzanne et Rosa sont allées se réfugier dans leurs chambres qui, volets clos et murs épais, ont réussi à garder un semblant de fraîcheur. Jeanne s'attarde à l'ombre du sycomore. Et, quand le soleil déclinera, elle ira retrouver sa bande sur la plage du pont. Elle s'assiéra à côté de Raphaël, qu'elle rêve d'embrasser. Et imaginera sa main près du coton de sa culotte, tout près.

Robin se lève en sursaut. En sueur. Il a trop chaud et rejoint sa chambre. Dans la pièce sous les toits, Suzanne a tout fermé pour tenter d'occulter la lumière du jour. Depuis ce matin, elle se débat avec un mal de tête intense et les cachets l'ont à peine apaisée. Elle n'a jamais été migraineuse avant. Étendue sur le dos, dans le grand lit défait, elle a posé un gant humide et frais sur son front. Robin la regarde et la cherche derrière le tissu, derrière les céphalées. Il voudrait pouvoir la soulager. Il aimerait pouvoir placer ses paumes sur ses tempes et la libérer de son étau. La débarrasser de ce qui triture son cerveau. Mais la douleur n'est pas vraiment là. Elle vient d'ailleurs et n'en finit pas de se répandre. Robin s'allonge près d'elle délicatement, son bras autour de sa taille. Elle pose une main sur la sienne.

21

Fixer cet instant.

Robin n'a plus que cette idée en tête. Ça l'obsède. Le maintenant est devenu sa priorité même si le passé s'accroche et disperse quelques images évaporées. Fugaces.

Carpe diem. Robin n'a de cesse de réciter, en boucle, en silence, dans sa tête, ces vers d'Horace : « Pendant que nous parlons, voilà que le temps jaloux a fui : cueille le jour, sans te fier le moins du monde au lendemain*. »

Fixer ces instants. Ma mère dans la cuisine avec son tablier vert et ses lunettes rondes, les mains dans la farine et du chocolat dans le coin de sa bouche, sifflant une chanson de Nino Ferrer. La lune pleine posée sur le muret. Les coccinelles sur les herbes hautes, rassemblées en une grappe rouge. Ma bien-aimée au bord du lit, torse nu, les bras relevés, rassemblant ses cheveux avec une épingle. Ma fille en tailleur près de la table basse, ses écouteurs dans les oreilles, en train de manger de la pâte à tartiner à la petite cuillère. Les escargots sortant de nulle part et de partout après une averse chaude.

* *« Dum loquimur, fugerit invida aetas: carpe diem, quam minimum credula postero. »*

Les cloches de l'église sonnant toutes les heures du jour. Le rose du matin différent du rose du soir différent du rose de l'autre matin. La voix de mon frère me faisant rire avec son accent. L'odeur des cailloux brûlants et mouillés. L'odeur de la vase. Toutes les odeurs.

Fixer ces instants. Les regarder avec insistance et non pas vouloir les maintenir. Seulement être là. Avec eux. Ne pas passer à côté. Ne pas les banaliser. Faire de ces petites choses des événements extraordinaires.

Robin se sent libéré d'un poids. Deux poids. Les souvenirs trop lourds à porter d'un côté et les attentes démesurées de l'autre. Aujourd'hui, il est au centre, sans demande particulière, si ce n'est jouir du moment présent. Sentir, toucher, voir, écouter, goûter pleinement. Être, à cent pour cent.

Robin ne parvient pas à quitter le hamac où il n'allait pourtant jamais jusqu'à maintenant. Mais, depuis sa visite chez le professeur, il est différent. Ne voit pas comme avant. N'a pas les mêmes envies. Tout semble plus simple. Spontané. Il est plus léger, n'est plus handicapé par son armure, il l'a ôtée la nuit de son arrivée. Il ne l'a pas jetée dans la rivière de peur de la voir disparaître. Il l'a déposée au pied d'un hêtre, très vieux, pour qu'il la garde près de son tronc. Pour l'avoir à portée de main, au cas où. Sans elle, il se sent un peu perdu, vulnérable, mais tellement libre. Plus de retenue, plus d'hésitation, plus de réserve. Il est dans l'action sans préméditation, et c'est une délivrance. Se perdre dans les plis d'un hamac fait partie de cette douce révolution. Passer trois heures à ne rien faire, avant, c'était impensable. Toujours être productif, rentable. Rester les yeux dans le vague n'était pas admis par lui. Aujourd'hui, il pourrait ne faire que ça. Pour être au plus près de tout.

Robin parvient à s'extirper de son cocon. L'herbe sous ses pieds. Il fait des pas lents et soulève à peine ses jambes. Il ne regarde pas où il va. Ses yeux sont sur les branches, sur le lichen, sur les trous creusés par les sangliers, sur le chandelier, sur la jardinière. Robin se laisse attraper par tout ce qui l'entoure. Il plane.

Il rejoint Rosa dans la cuisine, qui vient de finir une tarte aux fraises, et commence à préparer des aubergines à la tomate. Elle épluche des gousses d'ail en écoutant Maria Callas. Il s'assied en face d'elle et lui sourit.

– Qu'est-ce qui te fait sourire ? demande sa mère.

– Te voir cuisiner, je trouve ça beau. Ça te va bien…

– T'es bête, s'amuse Rosa en baissant les yeux.

– Je ne me souviens pas de toi en cuisine quand on était petits alors que maintenant tu es tout le temps aux fourneaux.

– C'est ton père qui cuisinait. Vous avez eu un père au foyer et une mère au travail, souvent sur les routes.

– En fait, Alexandre, il n'était pas vraiment clown, pas vraiment peintre, pas vraiment…

– Pas vraiment quoi ? Ton père était un artiste doué, il excellait en mime, ne passait pas une journée sans créer avec ses pinceaux, ses mots, ses mains… Tu sais, ce n'est pas parce qu'il ne gagnait pas d'argent qu'il n'avait pas de talent.

– Oui, je sais, acquiesce Robin.

– Son travail avait beaucoup de valeur, insiste Rosa, et moi je gagnais bien assez d'argent avec mes photos.

– Tu ne lui en voulais pas d'être la seule à ramener de l'argent, de t'obliger à partir, nous quitter, pour travailler ?

Rosa prend le temps de réfléchir à sa réponse car elle sait qu'elle pourrait faire mal. Elle se lève pour jeter les épluchures dans le bol à compost et, tout en marchant, ose :

– Non, car je n'étais pas obligée Robin. Le succès de mes photos m'aurait permis de rester plus à la maison, mais…

– Tu veux dire que tu aurais pu être plus souvent près de nous ?

La conversation devient délicate. Rosa pose son couteau et se rassied face à Robin. Elle prend ses yeux dans les siens et dit avec la plus grande des douceurs :

– Non, parce que j'aurais été terne, triste et frustrée. Je n'aurais pas été celle que ton père aimait, que vous aimiez.

Robin, légèrement déstabilisé par les confidences de sa mère, articule avec maladresse :

– Je… Je crois que je comprends.

– Mais j'étais souvent là Robin, très souvent. Je n'avais pas plus de quatre grands reportages par an, le reste du temps je partais pour des shootings de trois jours maximum. Nous en avons passé des heures ensemble dans les rues de Lyon, au parc de la Tête d'Or, sur nos vélos le long des quais, dans cette maison l'été.

– Oui, souffle Robin, convaincu.

– Il ne sert à rien de ruminer, tu as quelque chose de plus essentiel à régler…, tente Rosa.

Robin ne réagit pas alors sa mère, qui ne se l'était jamais autorisé, réitère malgré l'émotion qui lui enserre la poitrine :

– Tu ne crois pas ? Tu ne crois pas qu'il est temps de… de s'occuper d'elle ?

Robin ne répond toujours rien. Le trouble est abyssal.

– Robin ? Tu…

– Oui, je vais le faire. J'ai déjà commencé.

Maria Callas reprend possession de la cuisine. Robin saisit une aubergine et la coupe en fines tranches. Rosa passe les tomates sous l'eau bouillante pour faciliter l'épluchure. Dans les vapeurs d'eau, à l'abri de ce nuage, elle se rappelle et se pardonne.

Rosa n'avait pas le choix, elle avait besoin de s'évader régulièrement, c'était vital. Partir à la rencontre de ces autres, ces inconnus, rencontrer leurs histoires, délimiter leurs visages, chercher le vent dans leurs pupilles, le sel sur leurs sourires, la joie dans leurs larmes, la lumière sous leurs peaux mates. Elle n'avait pas le choix, là était son oxygène, là était sa quête, là était son salut, dans ces trains, ces camions, ces avions, ces nez, ces sueurs, ces cheveux, ces bombes, ces silhouettes, ces fronts, ces campements, ces tentes, ces ruines, ces vies. Elle n'avait pas le choix, il lui fallait fuir quelque part pour échapper à l'ogre qui la réveillait la nuit, petite, dans son sommeil et qui relevait son drap, sa chemise de nuit et la salissait avec ses doigts. Il lui fallait trouver d'autres visages pour cacher celui, immonde, qui bavait toujours dans les méandres de son inconscient. Il lui fallait plus que la folie de son Grand Alexandre et les rires de ses garçons pour panser ses blessures de poupée. Elle n'avait pas le choix, photographier la douleur et les pleurs pour les comprendre, apprendre à leur contact, apprivoiser la souffrance pour qu'elle ne soit plus, aller au-devant de toutes ces mères pour qu'elles la consolent avec leurs mains calleuses. Et un jour, enfin, elle s'était trouvée. Avait ralenti la course, délaissé la fuite, pour être davantage avec eux, ses trois mousquetaires.

Un de ses mousquetaires est aujourd'hui près de la délivrance. Elle aurait peut-être dû intervenir avant, tenter de le guider, le conseiller. Oui, ce n'est pas peut-être, c'est une certitude. Elle avait bien cerné ce jeu de cache-cache avec les morts, la mort du premier occultant celle du second, prenant toute la place. Les bougies de l'un pour l'autre. C'était très clair, mais elle avait laissé faire pour ne pas avoir elle aussi à affronter l'insurmontable.

Rosa est immobile devant l'eau qui coule. Robin s'est levé et ferme le robinet pour elle. Il a son torse contre son dos, ne dit rien et enveloppe sa mère dans ses bras. Tout contre lui, il la berce. Et la diva chante *Ave Maria*.

22

Il y a des jours où le temps s'arrête pour une longue respiration. Où les mâchoires se desserrent. Où les questions persistantes ne persistent plus. Laissant naître des bulles d'air sous le crâne. Des heures suspendues qui se balancent au gré des courants d'air en se moquant des nuages noirs qui se cachent derrière. Des jours entre parenthèses où les draps blancs des fantômes ne couvrent plus le regard des vivants.

Ce jour est un 14 juillet et Jeanne se moque bien de savoir ce qu'il s'est passé le 14 juillet 1789. Ce qui importe, c'est ce 14 juillet 2018. Ce matin elle a accompagné Raphaël et sa cousine pour une randonnée à cheval, ils ont fait une pause au bord de l'eau, ils ont commencé à s'arroser, puis se sont jetés dans la rivière, il l'a coulée, s'est laissé couler, elle a touché sa peau, frôlé son visage, a reçu plein de décharges électriques. Et ce soir, il y a le bal au village. Elle y retrouvera Raphaël. Elle l'embrassera peut-être. En attendant, elle profite des bulles d'air sous les crânes.

Robin est assis dans un fauteuil près du mûrier, un livre à la main. Il tourne les pages, pioche des vers au hasard. Il s'arrête sur un poème qu'il avait déjà lu, qu'il avait déjà aimé, qu'il relit et qu'il aime encore plus. Il le termine à peine qu'il le reprend, à voix haute cette fois, pour savourer chaque syllabe. Les lettres s'accordent parfaitement et les vers s'enchaînent.

Les poissons ont beaucoup à dire
Ils ne voient pas la mer
Car la mer les encercle
Et ce cercle est silence
Ce cercle est leur silence
Et leur silence est vagues
Et la mer est salée
Comme leur sang…

Jeanne, sans un bruit, s'est assise sur l'herbe derrière lui. Elle l'écoute déclamer.

Le poète n'a rien à dire
Alors il prend des mots
Alors il les assemble
Alors ce sont ses mots
Et ses mots ébranlent le monde
*Ses mots pénètrent l'univers**

Elle retrouve le souffle de son père. Sa voix. Sa façon de chuinter les *s*. Ses pauses pour de grandes inspirations. Cette aisance à prendre le temps l'air de rien. Instant rare. Il termine :

– *Jusqu'au sang silencieux des poissons.*

Elle répète :

* Charles Simond, *Quand enfant j'étais un autre et autres…*, Champs Grands Éditeur.

– *Jusqu'au sang silencieux des poissons.*

Robin, surpris par cet écho, se retourne. Il plante ses yeux dans ceux de sa fille. Ses pupilles brillent et la couvrent de tendresse. Elle la reçoit et, avec la plus grande délicatesse, se relève. Ses pieds nus sur le sol doux, pas de petite fille, timides et légers, pour rejoindre son père, coller sa poitrine contre son dos, et l'envelopper de ses bras de presque femme. Ne rien dire, surtout ne rien dire. Cet élan ne supporterait pas la moindre légende. Trop spontané, trop pudique. Comme une brise qu'il faut préserver pour que la voile ne s'essouffle pas. Quelques respirations corps contre corps. Un baiser sur la joue. Puis se relever, cette fois ensemble et lentement pour ne rien briser. Pour que cette lumière sous la poitrine ne s'éteigne pas. Pour battre la chamade. Pour que le père et la fille gardent le fil. Contact.

Ta petite main dans la mienne, grande, paternelle. Depuis quelques jours, je me suis épaissi et le sol est plus solide, plus stable. Tu as vu je ne tangue plus, la mer est calme et ne me tire plus de larmes. Je crois que la tempête est passée, pour de vrai, je sais, ça fait longtemps que tu attends, tu as été si patiente. En même temps tu n'as pas vraiment eu le choix, ta mère et moi non plus, c'est ainsi avec les drames, ils t'accablent sans ménagement, ils t'enlèvent un rein, un père, un enfant, ils t'envahissent, te découpent, te creusent et te laissent ensuite, les bras ballants, hagard, avec des trous dans l'âme. Mais le vide qui nous a engloutis n'est plus, nous défions aujourd'hui le vertige, nous relevons la tête, nous nous embrassons. Merci pour ce baiser, j'aime quand tu m'embrasses, ton petit nez contre ma peau, ton odeur de poussin, merci de revenir vers moi, tu vois, je ne suis pas parti, je suis là, je suis en vie, respirons ensemble.

Jeanne et son père sont face à face. Leurs sourires l'un pour l'autre. Robin, ému, pose le recueil sur la table, agrippe son verre et boit quelques gorgées de citronnade. Jeanne, tout aussi émue, presque gênée, prend les devants pour que cette émotion perdure. Ne pas le quitter. Pas maintenant. Rester tout près. Trouver l'idée. Elle l'a :

– Mastermind ?

Trois syllabes. Criées. Comme un signal. Mastermind. Jeu sacré car découvert par le Grand Alexandre et incontournable de la Villa des Ronces. Alexandre avait immédiatement aimé ce jeu de réflexion où le but était de trouver un code. Il l'avait acheté le jour de sa sortie en 1976. À chaque partie, il mettait ses lunettes jaunes pour se donner l'air sérieux. Et plissait ses sourcils et ses yeux pour ajouter un côté énigmatique. C'était devenu une addiction. Rosa, Elvis, Robin, Charlie et les voisins se relayaient pour faire face au Grand et assouvir les désirs d'Alexandre.

Robin offre un rire immense à sa fille. Un de ceux qui surprennent, bruyants, qui jaillissent sans prévenir et irradient tout ce qu'il y a à irradier. Des frissons derrière le cou, une inspiration qui libère et des plis de joie au coin des yeux. La réponse à la question qui n'a pas été posée est oui. Oui, jouons !

Robin se dirige déjà vers la maison. Jeanne aspire à la paille les dernières gouttes de citronnade en faisant beaucoup de bruit et met un peu d'ordre sur la table. Sous un cerisier au fond du jardin, Suzanne est allongée sur une serviette, elle s'est levée il y a deux heures et s'est déjà rendormie. Rosa est partie acheter des fromages de chèvre à la ferme du Viel Audon. Elle a mis ses baskets pour marcher le long de la rivière, a pris une petite boîte en plastique pour les fraises sauvages qu'elle va ramasser en chemin, a oublié son chapeau et a entortillé son paréo dans ses cheveux d'argent.

Robin passe par la cuisine, attrape une madeleine encore tiède dans le plat près du four et rejoint le hall frais. Dans ces quelques mètres carrés, la température est la même toute l'année grâce aux pierres épaisses. Robin en a presque la chair de poule tant cette fraîcheur contraste avec la chaleur extérieure. Sans réfléchir, il tire le rideau épais du placard sous l'escalier, grimpe sur le marchepied, tend son bras jusqu'à la cinquième étagère, décale le dictionnaire et attrape la boîte convoitée. Longtemps qu'ils n'y ont pas joué. Robin redescend, regarde la photo de l'homme au col roulé blanc qui trône fièrement sur le couvercle, souffle sur lui pour le délester d'un peu de poussière et ignore le spectre d'Alexandre qui plane derrière lui.

23

Le sommeil comme refuge, tu succombes plusieurs fois par jour, je m'inquiète et je veille du coin de l'œil. Je ne dis rien mais note les intensités, les fréquences de cette fatigue trop grande. Repliée sur toi-même, recroquevillée en boule, nue, sur le lit, entortillée dans le drap blanc froissé, lovée dans le hamac, contre le mur frais du salon, en équilibre sur le pouf en lin, moulée dans le sable, droite sur une chaise, un livre ouvert sur tes paupières closes, assise sur le rebord de la baignoire, la serviette sur le dos et la peau encore mouillée, tu dors, tu t'abandonnes.

Robin contemple Suzanne dans le fauteuil près de la bibliothèque quand un courant d'air vient claquer la porte de la cuisine et la réveille en sursaut. Robin s'éclipse pour ne pas être vu et rejoint Jeanne sur la terrasse. Il est à l'aise avec sa fille, détendu. Ils discutent de la fête du village, de la fermeture de la boulangerie Lagnier et de la tête des anciens quand ils ont découvert la nouvelle sculpture sur la place. Leurs deux rires s'entremêlent. Des mois qu'ils n'avaient plus ri ensemble. Jeanne porte une robe rouge avec des baskets blanches. Elle a laissé ses cheveux lâchés et s'est maquillée discrètement. Robin la trouve belle. Si grande. Une femme.

Déjà. Si vite. Il la revoit dans sa petite salopette vichy avec ses barrettes et sa sucette.

Suzanne a réussi à s'extirper des coussins et les rejoint. Elle se cale dans l'embrasure de la porte et sourit de les voir ainsi.

– Notre Jeanne va au bal du 14 juillet ! lance Robin, lumineux.

Ces dernières heures en compagnie de sa fille, les pions multicolores à encoder et à décoder, les verres de citronnade, les mots l'air de rien, la torpeur de l'été, les pieds dans l'herbe ont coloré son visage creusé. Ses pommettes sont rouges et son regard est bleu.

– Magnifique, répond Suzanne en un souffle. Quelle heure est-il ?

– Il est vingt heures et je file ! s'exclame Jeanne.

Robin, encore sous le charme, flotte sur les pavés chauds. Suzanne observe sa petite Jeanne entre les deux grandes grilles du portail ouvert.

– C'est passé si vite…, murmure-t-elle.

Robin fait quelques pas vers Suzanne et met sa main dans la sienne :

– Tu te souviens quand elle s'était mis en tête de construire un refuge pour les hérissons parce qu'elle ne supportait plus de les voir écrasés au bord des routes. Elle avait pris des cagettes et les avait tapissées de coton et…

– Et il n'y avait jamais eu de hérissons mais une souris avec ses petits, se rappelle Suzanne. Et aujourd'hui elle va danser au bal, boire de l'alcool et embrasser des garçons, et…

– Et on s'arrête là ! hurle Robin en riant. Je ne veux rien savoir des agissements érotico-pervers de ma fillette.

– Ta fillette de dix-sept ans va…, tente de poursuivre Suzanne pour le faire râler.

– Elle ne va rien du tout ! renchérit-il en faisant mine de la bâillonner.

– Si, poursuit Suzanne, gagnée par cette taquinerie soudaine. Elle va se coller à un garçon et…

– Ça suffit ! Ce n'est pas parce que sa mère est une dévergondée qu'elle…

– Quoi ?! fait mine de s'indigner Suzanne. Moi ? Une dévergondée ? Mais pas du tout !

Les répliques s'enchaînent. La vie au bord des lèvres. Les poitrines gonflées. La respiration ample. Les paupières clignotantes. La joie est ici. La joie est maintenant. Dans cet instant où l'enfant devient grand, où les grands retrouvent leur âme d'enfant. Dans cet élan. Quel âge avons-nous ? On s'en fout. Tu entends mon cœur comme il bat. Fort. Tu le vois qui bondit ? Tu veux l'attraper ?

– Alors cours et attrape-moi si tu peux ! crie Suzanne qui, en une seconde, a regagné son souffle et ses jambes.

Suzanne pousse Robin en arrière et se met à courir vers la pelouse. Elle bouscule les chaises sur son passage et les transforme en obstacles pour ralentir son poursuivant. Ses pas se font de plus en plus lestes. Sa fougue nouvelle fait sauter tous les verrous et ses articulations libérées prennent de l'amplitude. Ses foulées se muent en grands jetés et elle se met à danser sur le tapis vert. Robin garde la distance entre eux. Ne pas la rattraper pour mieux l'admirer. Les bras de Suzanne entrent en mouvement, accompagnent sa fuite et la délestent des tonnes de fatigue et de l'angoisse solide. Sa peau n'est plus épaisse et laisse passer la lumière. Toutes les lumières. L'air chaud du soir caresse son derme, ses ongles, sa chair et ses os. Étreinte pour celle qui plane mais qui n'en oublie pas pour autant celui qui la suit. Avancer. Par là. Un peu plus vite. Passer derrière la cabane. Plus vite. Faire le tour du hamac. Plus vite. Renverser l'arrosoir plein d'eau. Plus vite. Passer le portail. Plus vite. Rencontrer le chemin, les cailloux sous les pieds nus, ne pas avoir mal, relever le menton, rire en regardant les micocouliers, s'éloigner de la maison, aller plus loin, tout prendre, avaler, gober. Là, le parfum du jasmin. Là, une couleuvre. Là, des papillons sur les ronces. Plus vite. Deux libellules, un nuage de moucherons, la rivière devant. Le sentir courir derrière. Pas trop près. Vouloir lui échapper. Pas trop. Plus vite. Jusque-là. Jusqu'à la rivière.

Suzanne enlève sa robe, sa culotte, qu'elle piétine sur le sable tant l'euphorie est grande. Ses pieds, ses jambes, son pubis et ses fesses, son ventre, sa poitrine, son cou, son visage, sous l'eau. Le soleil a commencé sa descente, orange et douce. Suzanne fait quelques brasses, plonge à nouveau, ressort la tête. Robin est debout sur la plage, droit et haletant, pâle et beau. Il enlève son tee-shirt, son pantalon, son caleçon, reste ainsi, à découvert, son sexe et son sourire offerts. Rien que pour elle. Il reprend sa marche dans l'eau. La rejoindre. La retrouver. Se rapprocher. Tout près. Contre. Peau à peau. Dans ce cocon d'eau. Se décharger. De tout. Se laver. Redevenir vierge. Gommer.

Ils sont deux. Unis au milieu de la grande flaque. Il est debout, elle a passé ses bras autour de ses frêles épaules, ses jambes autour de son bassin, ses pieds contre son cul comme elle aime l'appeler, elle est agrippée à lui, elle a mis son nez contre le sien et ils se regardent. Elle voit par-delà ses pupilles, il la renifle par-delà sa peau humide, leurs chairs de poule se frottent, leurs poitrines se répondent et leurs sexes se cherchent sans se trouver. Ce n'est pas le moment. Pour l'instant, se sentir. Revenir. Ne rien brusquer.

Le soleil est derrière la colline quand Suzanne et Robin retournent à la Villa des Ronces. Ils marchent côte à côte, leurs mains se frôlent, leurs peaux toujours nues, leurs vêtements à bout de bras, désinvoltes, des gouttes le long des cuisses, des feuilles et des grains de sable sous les pieds. La nature autour d'eux exulte. Ça chante, ça trépigne, ça piaille. Le bal a commencé et sa rumeur enfle. Sa musique tape sous tous les thorax.

Rosa est installée sur la terrasse et elle parle. Elle n'est pas seule, sur l'écran de son ordinateur, le visage d'Elvis. Il est 15h25 à Montréal. Ils ne s'étaient pas parlé depuis l'échange tendu au sujet d'Alexandre. Ils ont repris le dialogue, l'air de rien, sans y revenir. Rosa demande des nouvelles de sa petite-fille, du travail de son fils, de sa belle-fille, elle veut savoir s'ils sont allés au théâtre et quel livre il est en train de lire. À chaque réponse, elle enchaîne sur la question suivante. Puis plus un mot. Car elle les voit qui arrivent et s'arrêtent au portail. Suzanne et Robin, nus et radieux. Ils n'ont rien des silhouettes parfaites et figées des magazines, il a l'abdomen fissuré et le dos légèrement voûté, elle est blême et creusée, mais ils sont beaux. Leur nudité fragile est belle. Leur allure est sublime. On dirait deux héros de cinéma, abîmés et victorieux, marchant au ralenti dans les dernières images d'un film avec la bande-son à fond et la sueur sur le front.

– Ça va maman ? demande Elvis à Rosa.

– Oui. C'est ton frère qui revient.

Elvis sent l'émotion dans la voix de sa mère, il sent tout ce qui se cache dans cette phrase, il sent que ses propres mains dérapent sur le téléphone, mais il préfère contenir cette sensation. Jusqu'à maintenant il a réussi à gérer, la distance kilométrique et les pansements qu'il a mis sur ses plaies ont bien fonctionné. Le plus dur est passé, son frère est guéri, ce n'est pas le moment de flancher.

Suzanne et Robin se sont rhabillés et rejoignent Rosa.

– Salut grand frère, lance Robin avec décontraction.

– Salut, comment va la vie à Lomet ?

– L'été est magnifique. Ça fait du bien d'être ici, de prendre le temps. J'ai découvert un nouveau sentier derrière le réservoir.

– Il n'est pas nouveau ! s'exclame Elvis. Il a toujours été là, il rejoint le boulodrome.

– Tu connais ce sentier toi ?

– Oui m'sieur ! Même qu'il y avait une ruine avec un tapis de mousse bien sympathique où j'allais me promener avec mes petites copines et…

– Je ne veux pas savoir ce que tu faisais sur ce tapis de mousse ! s'amuse Rosa.

– Je respectais les femmes qui le partageaient avec moi comme tu me l'as appris maman ! Je leur offrais tendresse, caresse et plaisir.

Tout est calme aujourd'hui. La conversation se tisse autour de souvenirs et de confessions légères. Personne ne veut revenir sur le point de rupture. À chacun son rythme. Sa parade. Sa carapace. Pas les mêmes failles.

Les minutes s'étirent. Elvis s'est installé avec un whisky dans son canapé québécois et il trinque avec eux. Ils ont sorti le rosé frais et les verres à pied. Les cigales laissent place aux grillons. Les bougies à la citronnelle sont allumées. Le Chat est recroquevillé dans le pot de pétunias. Robin et Elvis sont légèrement ivres et se remémorent leurs exploits de jeunesse. À Montréal, la femme d'Elvis fait un coucou à la caméra avant de partir au parc avec sa fille. À Lomet, Jeanne est au bal, Suzanne s'allonge dans l'herbe pour regarder les étoiles et Rosa s'assied à ses côtés pour jouer un peu de guitare et fredonner :

Well I'll be damned
Here comes your ghost again
But that's not unusual
It's just that the moon is full
*And you happened to call**

* Joan Baez – *Diamonds and Rust.*

Une photo qui existe

/clic/

Suzanne est assise en tailleur sur une chaise.
Robin est debout derrière elle. Chacun un verre
à la main, ils trinquent avec Rosa,
invisible derrière l'objectif.
Il y a deux lunes au-dessus d'eux.
La vraie lune, pleine. Et un lampion blanc, rond.
Un vent léger a soufflé sur la sphère de papier
et donne à cette seconde lune un contour flouté.
Les deux visages face caméra sont légèrement penchés
l'un vers l'autre. Leurs regards ne se croisent pas,
leurs bouches ne se touchent pas
et pourtant ils s'embrassent. Un baiser sans contact.
Un baiser qui n'existait plus.

/clac/

24

Le bal de Jeanne
14 juillet 2018

Ils sont tous sur le muret près de la rivière. Un peu en retrait du bal. C'est trop tôt, il n'y a pas encore assez de monde pour se noyer dans la foule. Les garçons ont apporté un pack de bières qu'ils ont mis dans l'eau pour le garder au frais. Émilie et ses copines, parfaitement habillées et maquillées, se photographient en prenant la pose et postent leurs portraits filtrés sur Instagram. Jeanne est avec Sonia, qui lui parle du film de Tim Burton qu'elle a vu la veille. Elle l'écoute à moitié et regarde Émilie avec envie. Elle la trouve belle dans sa salopette et réajuste sa robe rouge. Elle aurait peut-être dû mettre son tee-shirt bleu avec un jean, elle aurait été plus à l'aise. Elle aime les robes, mais à chaque fois c'est pareil, elle se sent mal, elle se cache. Jeanne reste un moment ainsi, et Sonia parle pour deux.

À la grande joie de Jeanne, Émilie, avec qui elle a de plus en plus d'affinités, finit par s'approcher et leur propose de partager sa bouteille. Bouteille en plastique avec l'étiquette Orangina, mais au contenu plus foncé que la boisson mentionnée.

– Qu'est-ce que c'est ? interroge Sonia, toujours sur ses gardes.

– Rhum-orange.

– Non merci ! répond celle qui ne supporte pas de perdre le contrôle.

– Merci ! enchaîne Jeanne en attrapant le cocktail.

Elle boit quelques petites gorgées et demande à Émilie ce qu'elle a fait de sa journée. La conversation s'engage et ne s'arrête plus. Sonia ne dit pas un mot. La place se remplit de monde. Elle regarde la place. Rejoint la place. Jeanne l'observe du coin de l'œil tout en poursuivant sa discussion avec Émilie. Le volume sonore du bal est à son maximum. Les filles doivent hausser la voix. Le rhum réchauffe un peu plus les corps brûlés de soleil. Jeanne est de plus en plus détendue. Le malaise de la robe rouge a disparu, surtout qu'Émilie adore sa tenue, est-ce que Jeanne accepterait de la lui prêter pour la semaine prochaine, car elle a un mariage et elle veut taper dans l'œil d'un garçon trop classe ? Émilie danse en parlant. Jeanne est sous le charme de son déhanché et aimerait poser ses mains sur ses hanches pour l'accompagner. Elle n'ose pas, mais savoure cette envie qui la traverse. Elle a soif. Reprend une gorgée. Et commence elle aussi à esquisser quelques pas. Émilie la flatte :

– Tu danses trop bien !

Jeanne baisse les yeux et sourit. Elle est touchée par cette fille. Émilie est simple, sans calcul, sans réserve, elle dit les choses qu'elle pense, spontanément, sans tourner sa langue sept fois dans sa bouche. C'est vrai que, parfois, elle peut être maladroite, mais la plupart du temps c'est comme maintenant, beau, chaleureux, réconfortant. Jeanne est heureuse de la connaître et aime passer du temps avec elle. Émilie est en train de devenir une amie, et Jeanne se dit qu'elle a beaucoup de chance.

La chanson se termine et, dès les premières notes, Émilie reconnaît la suivante. La voix d'Orelsan l'appelle et elle se met à chanter avec lui :

– *J'viens d'la France où on danse la chenille. Où on prend plus de caisses que des* crash test dummies. *J'ai des potes diplômés, d'autres qu'ont pas lu deux livres**.

Jeanne adore cette chanson et, quand Stromae s'invite dans le refrain, elle se lâche elle aussi et rejoint les chœurs :

– *Toujours autant d'pluie chez moi. Mais il fait quand même beau, il fait beau.*

Émilie prend la main de Jeanne et, tout en continuant de danser, l'entraîne sur la piste. Dans la foule, les filles chantent plus fort :

– *Il fait beau, il fait beau, chez moi, il fait beau, il fait beau. Il fait beau, il fait beau. Chez moi, il fait beau.*

Elles sont les yeux dans les yeux et ne voient plus personne autour. Raphaël passe au second plan. Elles se sourient, reprennent les paroles et amplifient chacun de leurs gestes pour marquer le tempo. Leurs bras scandent l'air échauffé. Leurs jambes nues embrassent la poussière. Leurs cheveux balancent sur leurs épaules déshabillées. Jeanne se sent tellement bien. Cette chorégraphie à deux, puissante et intime, est une révélation. Jeanne aime danser et ne se l'était jamais vraiment autorisé. Sa mère danseuse sublime, bien qu'humble et discrète, avait mis la barre trop haut. La première fois que Jeanne l'avait vue sur scène, elle avait aussitôt compris que sa mère ne dansait pas comme tout le monde, elle lui trouvait l'air d'une reine avec des ailes, elle devait avoir cinq ans, elle avait été l'applaudir à l'Opéra de Lyon. Suzanne faisait partie d'une grande troupe mais Jeanne ne voyait qu'elle, ne la quittait pas du regard et sautait sur le fauteuil qui couinait en demandant toutes les deux secondes à son père quand sa maman allait revenir

* Orelsan et Stromae – *La Pluie*.

dès qu'elle sortait de scène. C'est là que Jeanne avait su que la danse faisait taper son cœur dans tout son corps. Elle pensait que regarder sa mère danser suffisait. Elle n'avait jamais osé. Elle se tortillait timidement, sentait bien que quelque chose de plus grand voulait s'emparer d'elle mais, à chaque fois, elle le bridait. Le saut, le tour, le geste… Sans s'en rendre compte, elle s'interdisait tout. Pour ne pas être comparée, pour ne pas être en dessous, pour ne pas décevoir. Et surtout, pour ne pas prendre trop de place.

– Si j'suis parti, c'est parce que j'avais peur de rouiller. Trempé, j'aurais jamais pensé. Qu'le mauvais temps finirait par me manquer. Il fait quand même beau, il fait beau.

Autour de Jeanne et d'Émilie un cercle s'est formé. Les deux danseuses en imposent. Leur gestuelle est impeccable. Hypnotique. Difficile de ne pas les remarquer. Elles, ne voient personne, totalement envoûtées par leur transe. Par leur coup de foudre. Il ne s'agit pas d'amour. Leurs corps se parlent et fusionnent, mais ce n'est pas sexuel, c'est autre chose. Amical. Tactile. Ses tics touchent ses tocs. Elles se respirent. S'évadent. Se happent. Leurs reflets comme des miroirs. Elles dansent. Ensemble. Elle est brune, elle est blonde. Alter ego. Amies. Elles s'aiment. Sororité.

La Pluie se termine. Avec elle, l'envoûtement. Les filles remettent les pieds sur terre, brillantes de sueur, essoufflées et ravies. Les zygomatiques contractés, les pupilles solaires et les chevelures ébouriffées, elles se prennent dans les bras, se serrent et rient, encore portées par cette danse.

Jeanne et Émilie marchent vers leur tribu en titubant. C'est un joyeux bazar sur le muret. Les filles et les garçons boivent, s'enivrent et se cherchent. Des mains sur les épaules, sur les hanches, dans les cheveux. Les téléphones portables se dégainent pour appeler Marco qui n'est pas arrivé, pour faire des photos, des snaps, pour éclairer Océane qui roule un joint, pour enregistrer des vidéos. Ils parlent fort. Se trémoussent et se frottent. Hugo a pu se procurer deux litres de marquisette grâce à son grand cousin, bénévole à la buvette. Jeanne, assoiffée après sa prestation endiablée, se jette sur une des bouteilles. Elle boit plusieurs gorgées d'un trait et, une fois désaltérée, se rapproche de Sonia :

– Alors, tu as trouvé un cavalier ?

– De quoi tu parles ? répond sèchement Sonia.

Sonia est agacée par le comportement de Jeanne. Elle l'a vue avec Émilie et ça ne lui a pas plu. Elle trouve cela grotesque. Ridicule. Ne comprend pas qu'on puisse se donner en spectacle ainsi. C'est dégradant. Elles étaient pourtant bien toutes les deux, depuis des années, assises sur leur banc, à regarder les autres danser. Quelle mouche l'a piquée ?

Des instants

/clic/

Instantanés. 30 jours entre juillet et août.
Certains pris en photos.

/clac/

La plupart simplement gravés
dans un cœur, une tête.

/clic/

Tournoiement / de moments / Encore

/clac/

15.07 *Une nuit. Un jour. De plus.*

16.07 *Une aube nouvelle. La Coupe du monde.*
La Victoire. L'effervescence des supporters.
Les cris de la victoire. Les grillons à l'unisson.
Le crépuscule suivant. Juillet défile.

18.07 *Un lézard vert derrière le volet. L'appareil photo*
dans le sac à dos. Un orage qui craque.
Les fusibles qui sautent. Les bougies.
La cire sur la nappe. Les pleurs de Suzanne
devant une gousse d'ail. Pas d'excuse,
ce sont les oignons qui font pleurer.

19.07 *Une fourmi sur une pêche. Deux fourmis*
sur une pêche. Trois. Quatre. Dix. Quinze.
Plus de pêche. Une partie de tarot avec des cigarettes.
Le Tour de France à la télévision.

21.07 *Des roses entortillées sur la rampe d'escalier.*
Du rhum dans des verres à la menthe. Elvis
sur l'écran avec des écureuils sur son balcon. Une nuit
sans lune. Noire. Gavée d'étoiles. Des filantes. Un vœu.
Du sable dans le maillot de bain. Marcher.

22.07 *Le festival Jazz au lavoir. Une soupe au pistou.*
La main de Raphaël sur les seins de Jeanne.
Une pluie fine. Un crapaud dans l'arrosoir.
Robin légèrement bossu. Les cicatrices qui tirent.
Mal au ventre.

23.07 *L'odeur des saucisses sur le gril. Sentir.*
Les cyclistes avec leurs chaussures de cyclistes
et leurs maillots de cyclistes.

Un ver luisant. Pas des dizaines comme avant.
Dans la librairie, un nouveau libraire.
Les grenouilles et les corbeaux. Les coassements
et les croassements.

25.07 *Robin et Elvis sur l'écran, en colère,*
l'un contre l'autre, parce que l'un et l'autre
ne se comprennent pas. Deux vieilles sur le banc
de la place. Toujours le même banc. Toujours les mêmes
vieilles. La tarte au citron de Rosa. Sans meringue.
Le chapeau dans le hamac. Un scorpion noir
sous une pierre blanche. Un bouquet de coriandre.
Des moustiques.

26.07 *Ce matin, Robin reste au lit, cloué, la peur*
est revenue et s'est agrippée pour quelques heures,
il ne l'a pas vue venir, il tente de la chasser, s'épuise,
alors il attend qu'elle reparte. Elle repart.
Les épluchures de carottes dans le compost. La rumeur
d'un bal. Alexandre dans le jardin. Dans les cœurs.
Sous les crânes. Partout. Transparent.

27.07 *L'anniversaire de Jeanne près de la mare.*
Du poulet mariné au curry. Premiers baisers
de Raphaël pour Jeanne. Avec la langue, avec les mains
sur les fesses, avec des rires. File le temps. Jour. Nuit.

1.08 *Une salade de pois chiches avec du cumin.*
La chanson Les Yeux de ma mère *d'Arno*
sur Fréquence 7. Un coup de soleil rouge qui craquelle*
et blanchit la peau. Une huile à la citronnelle.
Suzanne dans le noir.

* Radio libre, décalée, différente et pas pareille d'Ardèche : www.frequence7.net

3.08 *Des chatons sous les cagettes entre la Villa des Ronces et la maison des voisins. Robin, debout, les pieds dans l'eau. Des poissons picorant ses orteils. Un nouveau panneau à l'entrée de Lomet. Des caravanes sur les rives. Lire. Du foin aux pieds des tomates. Une soirée karaoké au bar des Tilleuls où Jeanne ne chante pas mais danse. Un chien écrasé au rond-point de l'Intermarché. Une déchirure dans le parasol. Des chauves-souris dans les boiseries. Un coucher de soleil rouge.*

4.08 *Des mégots dans le sable. Un peu plus de vase dans la rivière. Rosa sur son vélo. Une roue crevée. Du vent dans les vignes. Un serpent dans le vaisselier. Des poivrons orange dans la salade. Trois livres ouverts sur la table de chevet. Une nuit. De plus. Une lune. La même plus ronde.*

5.08 *Un escargot sur le bitume chaud et humide. Le jour d'Alexandre qu'on ne fête pas. Le fantôme ne trouve plus son reflet dans la mare. Un nouveau paillasson. La peinture fraîche sur le portail. Un demi en terrasse. Du vernis sur les ongles. Rosa sur les photos de Jeanne. Jeanne sur les photos de Rosa. Une corde de guitare qui casse. Robin et Elvis sur l'écran, dans un fou rire, l'un pour l'autre, parce que le rire de l'un entraîne le rire de l'autre. Des boules de pétanque dans le seau près du mûrier. Un arc-en-ciel. Entier. Embrasser.*

8.08 *Un sourire de Suzanne pour Robin. Le picodon avec le raisin blanc. L'odeur du goudron fondu. Le marché de Lomet. Rosa, Suzanne, Jeanne et Robin chantant du Piaf à tue-tête un soir caniculaire. Brumisateur. Le Chat dans le hamac sous le chapeau. La queue qui dépasse. La Vals* au frais. Le dictionnaire près des mots croisés. Le ventilateur dans la cuisine. Les glaçons dans le rosé. Rêver.*

9.08 *Une écharde dans le pied. Jeanne et sa tribu en haut d'une falaise au-dessus de l'eau. Sauter. Les tracteurs dans les vignobles. Cuivre et soufre. Un matelas dans l'herbe. Dormir. La trace des fesses mouillées sur le coussin sec. Des tomates cerises pour l'apéro. Sieste. La mouche sur le nez. Sur la joue. Sur la paupière. Dans la narine. Plus de sieste.*

11.08 *Les cris des enfants de la maison voisine. Le paréo humide sur les épaules. Robin, la nuit, dans le sentier, pour rejoindre la colline. Attendre le lever du soleil. Un trait. Un demi-cercle. Un rond. Jaune. Un feu. Pour les yeux. Pour le cœur. Sur la plage, les filles et les garçons, les mains sur les peaux. Le hululement de la chouette. Écrire. Un mariage et des klaxons. L'écho des hirondelles.*

12.08 *La Fête du vin avec l'orchestre NewZik. Du romarin sur les côtes de porc. Fumer. Sonia sans Jeanne. Vice versa. La marque du maillot. Suzanne, réveillée dans la nuit parce que trop dormi le jour.*

---

* Eau minérale naturelle provenant de la source de Vals-les-Bains (Ardèche).

Des mots dans un carnet.
Une guêpe que l'on tue. Un scarabée que l'on sauve.
Un torchon sur les fruits à cause des insectes.
Trop d'insectes.

13.08 *Robin et Rosa, face à face, son chant sur sa guitare. Un panaché bien blanc. Une limace sur la feuille verte. Une boule de sorbet cassis. Un orgasme. Seul. Souffler. La climatisation du supermarché. Rosa, à l'aube, seule dans le jardin avec sa tasse de rooibos. L'annonce du cirque dans les haut-parleurs. Une cigarette. Manger.*

14.08 *Les vagues de chaleur sur l'asphalte. Le débardeur sans soutien-gorge. Les mains moites. Une tong sans l'autre. Boire. La jupe qui colle aux cuisses. Le Ricard dans le verre à pastis.*

15.08 *Des brins de lavande frottés dans les mains. Les auréoles sur le tee-shirt. Se baigner. Des parapentes, bulles rouges et vertes dans le ciel bleu. Une tourterelle sous les combles. Le Chat, ronrons dans la bassine vide. Une nuit blanche.*

25

Le journal du 16 août est posé sur les genoux de Robin. Il fait une chaleur intense. Les corps se recroquevillent dans les coins d'ombre ou s'étalent sur les surfaces fraîches. Le moindre mouvement est un effort. Les pas sont calculés. La parole économe. Robin, calé contre un chêne, a les pieds dans la mare et s'asperge régulièrement avec l'eau verdâtre. Ses jambes sont couvertes de plaques rouges. Depuis la maladie et les traitements, sa peau n'est plus la même. Hypersensible et réactive. Le moindre frottement, le moindre écart de température est une agression. Ça peut piquer, gratter, mais ce n'est pas très douloureux, rien de comparable avec les douleurs de l'hiver. Robin a déplié le journal et il survole les articles. Dans un des titres, il lit : « convalescence ». Ce mot l'attrape. Robin ne peut plus tourner les pages. Son corps est pris de petits spasmes nerveux. Pour la première fois de sa vie, il comprend ce que ce mot veut dire. Vraiment. Ce retour progressif à la santé après la maladie est un parcours. Une aventure. Un défi. Il faut du courage pour emprunter ce chemin chaotique. Convalescence, il y a pourtant beaucoup de douceur dans ce nom, il appelle au repos, à la lecture, au sommeil, à la lenteur. Il est presque rassurant. Robin pensait cela avant. Aujourd'hui, alors qu'il arpente ses méandres, il sait ce qu'est une convalescence, ce qu'elle charrie d'angoisse, de frustration, de pus, de cicatrices, de crampes, de nausées, de nostalgie. Il aimerait tellement que tout soit comme avant. Rapidement. Sans effort. Sans mal. « Vous êtes guéri », lui a dit l'oncologue, alors pourquoi est-ce encore si difficile ?

Robin froisse le journal et le laisse voler dans l'herbe. Ses pages valsent avec le vent. Il regarde ses jambes se perdre dans l'eau foncée de l'étang. Repère une grenouille qui gonfle démesurément son abdomen, prend exemple sur elle et plonge dans une grande inspiration. Cette grande inspiration le remplit de multiples parfums : vase, lavande, jasmin, barbecue voisin, pluie, beignets de fleurs de courgettes préparés par Rosa, humus, encens. Ce shoot olfactif le prend par le col, le malmène et lui impose une autre réalité, celle de l'ici et maintenant qui guide aujourd'hui ses pas. Sa fragilité est réelle, ses balafres également, mais il prend conscience qu'elles ne font pas de lui une victime, un faible, bien au contraire, elles font de lui un survivant.

Cette convalescence, cette immobilité apparente, n'est pas de l'oisiveté paresseuse, banale et insolente, elle est le repos du guerrier. Après cette pause, il pourra à nouveau traverser les steppes sauvages, chasser le gibier, courir à perdre haleine, hurler dans les plaines. Il a déjà commencé.

Le journal du 16 août, ramassé et chiffonné, est maintenant sur un transat, sous une pile de magazines. Le soleil de midi est passé depuis longtemps et le jour décline. Rosa, Suzanne, Jeanne et Robin ont mangé tôt ce soir. Tomates mozzarella, concombres au yaourt et à la menthe, salade de betterave, pain maison, picodon et pastèque. La journée a été brûlante. Quarante et un degrés à quinze heures. Il est maintenant vingt heures trente et le thermomètre affiche trente cinq degrés. Les corps sont lourds et bouillants. Avachis et lents. Les yeux scrutent le ciel qui s'assombrit. D'épais nuages noirs s'emparent du crépuscule, effacent ses roses et assombrissent les ombres. Le vent fort qui les accompagnait s'est arrêté d'un coup. Plus un souffle d'air. Seulement cette chape de plomb au-dessus de leur tête. Tout a été mis à l'abri. L'orage est imminent. Ils le voient qui se prépare, qui s'amplifie pour plus de fracas, ils devinent ses éclairs qui se rapprochent, ils sentent la pluie qui s'est déjà répandue non loin de là. Ils l'attendent avec impatience. Ils sont silencieux dans le jardin, la face rivée sur la toile céleste, les cinq sens en ébullition, attentifs et reconnaissants. La première goutte tombe et Jeanne se demande si c'est réellement la première ou si elles sont plusieurs à toucher le sol en même temps. Elle est pleine et généreuse. Elle mouille le calcaire chaud. Un éclair déchire l'horizon et lance le signal. L'orage se met à gronder, la pluie à tomber. Taper. Tape. Sur la table en fer. Sur les aubergines lisses. Sur la mare. Sur le sycomore. Sur les sauterelles. Tape. Sur les cosmos. Sur le fauteuil. Sur les tongs. Tape. Sur le lierre. Sur Le Chat. Sur la théière. Sur le parasol plié. Tape. Sur le journal du 16 août oublié sur le transat. Percussion pour changement d'air. Le vent a retrouvé son souffle et se mêle à l'ensemble. La pluie s'intensifie. Jeanne se met à courir vers la maison en protégeant son téléphone sous son tee-shirt. Ne surtout pas l'abîmer, ce soir elle ne voit pas Raphaël, qui a un repas de famille, et ils ont prévu de s'aimer à distance. Chacun dans son espace, sur son écran, pour que ses « Encore un peu plus bas » répondent à ses « Je t'embrasse dans le cou ». Jeanne se cale dans un coin de son lit, un drap sur les jambes. Entre deux messages de son amoureux, elle surfe d'Instagram à YouTube. Elle a récupéré un paquet de chips dans la cuisine et croque avec des cracs dans ses pétales trop salés. Elle a mis ses écouteurs dans les oreilles et l'album de Lomepal. Elle n'entend plus rien de l'orage. Dans son cocon.

Garde le sourire plus rien n'est grave
*Tant qu'il nous reste une seconde de souvenir dans le crâne**

Rosa est la deuxième à fuir la déferlante du ciel. Elle se réfugie dans le salon en sautillant. Elle laisse les portes ouvertes pour qu'entrent les parfums et les sons de la pluie, se blottit dans le canapé et prend le roman qu'elle avait laissé cet après-midi. *La Vie devant soi*. Sur la quatrième de couverture, une photo de Romain Gary. À chaque fois qu'elle le voit elle pense à Alexandre. La crinière sombre, la moustache fine et cette folie majestueuse dans le regard. Rosa cale ses pieds sous un coussin et reprend sa lecture. « *J'étais tellement heureux que je voulais mourir parce que le bonheur il faut le saisir pendant qu'il est là***. »

Robin est toujours sur sa chaise près de la table. Il ne bouge pas et se laisse inonder par toutes ces gouttes. Il sent sa peau chaude refroidir à leur contact. C'est imperceptible tant la fournaise est ardente. Il les sent dévaler son visage pour rejoindre son torse, ses cuisses. Il a les paupières closes et savoure leurs lignes et leurs traces sur son corps alangui. Il se dit qu'avant il ne les aurait pas rencontrées. Il n'aurait pas perçu leurs caresses humides. Leurs baisers qui délivrent et transforment le crapaud en prince. Ou l'inverse. Il ne sait plus. Rien n'est sûr aujourd'hui. Tout est mouvant. Indocile. Précieux. Tout peut changer en une seconde. La vie est une folie passagère aux contours fragiles et le monde peut s'écrouler sans

* Lomepal – *Trop beau.*
** Extrait de *La Vie devant soi* de Romain Gary.

avertissement. Alors, dans cette moiteur estivale, le short noyé dans une flaque, Robin se remplit, s'abandonne, respire, se tait, espère, rêve, prend le temps, boit cette eau des nuages qui reviendra aux nuages. Et il ne voit pas Suzanne, inondée aussi, en face de lui, qui sent son désir monter et éprouve avec délice cette envie soudaine qui s'est emparée d'elle. Suzanne a remonté sa jupe en haut des cuisses et enlevé sa culotte. Elle ne veut aucun filtre. Elle veut tout prendre. Ce n'est pas suffisant alors elle retire sa jupe et son débardeur qu'elle laisse tomber à terre. Terre devenue boue.

Suzanne se lève de son siège. Nue, elle fait quelques pas dans les minuscules ruisseaux qui serpentent entre les arbres du jardin. Elle revient vers Robin et s'arrête. Debout, au-dessus de lui, elle s'étire et tend les bras aux bourrasques. Elle les sent qui l'enveloppent et l'entraînent. Elle esquisse quelques mouvements, quelques tours, puis se penche vers Robin et l'embrasse. Il sursaute, garde les yeux fermés, éprouve ce baiser, l'entraîne vers un autre, ouvre encore plus ses lèvres, cherche sa langue, la trouve, se relève pour rejoindre sa belle, l'enlace, lui dévore la bouche, leurs deux corps baignés dans la pluie tiède, elle lui enlève son tee-shirt, il ôte son bermuda et son caleçon, il se colle à elle, elle se colle à lui, son sexe contre le sien, elle le repousse et s'échappe, il lui court après, elle galope sous le torrent puis s'arrête près de l'étang, immobile, elle l'attend, il arrive et se poste devant elle, ils s'observent derrière les rideaux humides, elle voit la marque rouge qui fend l'abdomen de son homme, se met à genoux et l'embrasse de haut en bas, Robin veut d'abord la retenir de baiser sa cicatrice, mais il lâche prise tant sa fougue est salvatrice, et pose ses mains sur sa tête pour l'accompagner dans cet élan inattendu, elle conjure la plaie, l'aime, le feu s'éteint, un autre s'allume sous son étreinte, il n'y a plus d'aiguilles à cet endroit, seulement des caresses, douces, d'elle à lui,

Suzanne continue de descendre jusqu'à son sexe gonflé qu'elle lèche sans retenue, parce que c'est bon, entre ses lèvres il durcit, elle s'en réjouit, se relève, prend sa main à lui pour la conduire sur son sexe à elle, il coopère sans discuter, sa fièvre est grande, il éprouve de ses doigts vibrants les trésors de sa vulve, branle de son majeur et de son index le con de sa bien-aimée qui commence à gémir, à lui dire des mots vulgaires dans le creux de l'oreille, à réclamer sa queue dans sa chatte, parce qu'elle aime ces mots et qu'ils l'excitent, Robin sent son désir s'amplifier et entraîne Suzanne vers le sol, étendue sur l'herbe trempée, elle se cambre et écarte les jambes, elle le veut en elle, tout de suite, n'en peut plus d'attendre, n'en peut plus d'avoir tant attendu, le regarde s'agenouiller, le regarde la pénétrer, pousse un râle de soulagement, attrape ses fesses et y plante ses griffes, Robin la chevauche, puissant, impétueux, passionné, il n'a plus de peur, plus de douleurs, seule cette cavalcade torride importe, sa bouche mangeant la sienne, son corps attisant le sien, encore faim, encore soif, de toi, viens, encore, là, oui, je t'aime, je te dévore, tu es à moi, ta peau je la suce, tes cuisses je les enlace, vas-y, continue, je sens ta queue, branle-moi encore, plus fort, j'aime tes seins, donne-moi tes seins, encore plus fort, je te sens, enfin.

Leurs souffles courts, l'un contre l'autre, haletants, Suzanne et Robin sont allongés sur le côté, face à face, nez contre nez, bouche à bouche, des mots tendres après les mots crus. La pluie glisse toujours sur eux, invisible à leurs yeux. Le silence prend place et agrandit l'espace. Tout est maintenant plein, vivant, tout est palpable, tout est possible. Ces quelques minutes sont remplies de souvenirs et de promesses. Âmes suspendues. Lévitation sans vide.

Tu es là, dans mes bras, c'est un cadeau du ciel, de cette pluie, c'est tellement bon de te sentir à nouveau, si tu savais comme tu m'as manqué. Je ne suis pas sûr d'y voir clair, de savoir si c'est toi qui m'as fui ou moi qui t'ai laissée, tant d'années à se perdre, à se retrancher, pour oublier, on a eu tellement mal, le berceau qu'il a fallu démonter, on n'a pas supporté, ce n'était pas possible, et pourtant... on a continué sans elle, avec ça dans le corps, quelle douleur, putain comme on a souffert, toi sûrement plus que moi parce qu'elle était au chaud dans le creux de ton ventre. Je n'en reviens pas qu'on se soit installés dans ce silence, subissant chaque journée pour atteindre la suivante, et ainsi de suite, pour que le temps passe, pour qu'il finisse par occulter ces images. On ne s'est pas ouverts, ou si peu, sur ce qu'on traversait, on s'est soutenus à distance sans réussir à se toucher, trop à vif, trop lacérés, je me souviens d'une fois où tu as essayé de me parler, tes mots se sont finalement perdus et je n'ai rien fait, je ne t'ai pas aidée à les sortir, tu ne pouvais pas les dire, je ne pouvais pas les entendre... Car au-delà du déchirement, de cette perte féroce, il y a toujours eu cette question en suspens : pourquoi était-elle morte ? Y répondre revenait à désigner un coupable et, à le traquer confusément malgré nous, nous finissions par en trouver un, furtif, insaisissable, et oui, tu as raison, peut-être que je t'ai désignée, toi la danseuse, toi la mère, toi la nourricière. Je regrette tellement que tu aies dû endosser cette accusation inconsciente, fugace, portée par mon chagrin.

Robin étreint Suzanne. Il aimerait la serrer encore plus, passer sa peau à travers la sienne, s'unir à ses veines. Il reste muet un moment, toujours dans ses pensées, puis finit par parler. Emporté par cette nécessité, cette phrase qui attendait d'être prononcée, délivrant l'ineffable :

– Je te pardonne.

Un temps et Robin poursuit :

– Et toi, tu me pardonnes ?

La réponse n'est pas nécessaire. Plus de gouttes mais des larmes cette fois, sur les joues des amoureux, des amants, des parents pour effacer définitivement l'amertume du drame.

La pluie n'est plus que bruine. Gouttelettes éthérées. Les nuages épais sont maintenant des voiles fins d'où percent les dernières lueurs du jour. Rosa sort de la maison avec son Leica. Fait des photos des quelques branches et objets éparpillés sur le sol. Des fleurs gorgées d'eau. Avance vers son potager. Immortalise les tomates crépies de boue. Fait un détour par la mare. Voit Suzanne et Robin endormis. Sourit. Rejoint son lit.

Le matin s'installe sur la pointe des pieds et les oiseaux, cigales, sauterelles, grenouilles honorent de leurs chants sa fraîcheur. Leur chœur est grandiose et même la brume diaphane murmure quelques notes. Suzanne et Robin ont regagné leur chambre et sont emboîtés sur les draps froissés. Suzanne dort profondément. Robin, derrière elle, se remplit de sa respiration. Il tente de s'accorder à elle. Il observe son grain de peau, laiteux et brillant. Il caresse ses hanches. Il hume sa sueur animale. Il la reconnaît. Sa louve est là, blottie contre sa poitrine. Il a retrouvé ses crocs cette nuit, sa salive, ses mains, son cul, ses râles, sa fougue, son sexe gorgé de cyprine. Il a aimé. Il l'a aimée. Comme jamais.

Robin se détache délicatement de sa moitié pour ne pas la réveiller. Il reste assis quelques secondes sur le bord du lit, frictionne ses cheveux, son visage, son cou, se lève et se poste nu devant la fenêtre grande ouverte. Là, entier dans cette aurore joyeuse, certain d'être lui, avec elle, Robin récite les vers qu'il aime tant :

Je voudrais pas crever
Avant d'avoir usé
Sa bouche avec ma bouche
Son corps avec mes mains
Le reste avec mes yeux
J'en dis pas plus faut bien
Rester révérencieux[*]

* Extrait de *Je voudrais pas crever* de Boris Vian.

Une photo qui existe

/clic/

Suzanne et Robin, étendus sur l'herbe brillante,
sans vêtements, leurs peaux,
enlacées, entortillées, unies, tressées.
Des pastilles de boue sur leurs jambes.
Le visage de l'un enfoui dans la poitrine de l'autre.
Un seul corps.

/clac/

26

Jeanne n'a rien dit, mais elle a remarqué. Les œillades, les tours et détours, les mains légères, les rires stupides, les tartines, les absences à deux, les cheveux en bataille. Depuis quelques jours, ses parents ont retrouvé ce je-ne-sais-quoi qui leur manquait tant. Et ça leur va si bien. Jeanne se sent mieux et prend conscience que cette situation bancale, cette mère et ce père désolés et isolés, la préoccupait bien plus qu'elle ne le pensait.

Suzanne et Robin viennent de partir au Navire*. Leur pudeur enfantine l'amuse, ils font comme si de rien n'était pour ne pas la brusquer, pour s'éprouver avant de s'exposer, mais Jeanne voit déjà tout…

– Mojito ?

C'est Rosa, vêtue d'une longue robe bleu nuit, qui s'approche de sa petite-fille et l'invite à l'ivresse.

Les mojitos de Rosa sont parfaits pour les jeunes filles, peu de rhum et beaucoup de menthe. La préparation du cocktail est un moment sacré, proche de la messe, où chacune remplit ses missions avec soin. Glaçons pilés, dosage de rhum et de sucre de canne pour

* Cinéma à Aubenas.

Rosa, effeuillage de menthe et eau pétillante pour Jeanne. Un plateau, une paille dans chaque verre, un bol d'olives vertes, un paquet de Popular, la table sous le mûrier, l'apéritif peut commencer.

– *Salud!*

Jeanne et Rosa parlent de photographies un moment. Jeanne a du mal avec l'ouverture du diaphragme, sa grand-mère lui donne quelques astuces. L'apprentie note les informations sur son smartphone.

– Vous n'utilisez plus de stylo et de papier, se désole la septuagénaire en s'allumant une cigarette.

– Bien sûr que si! s'exclame Jeanne, qui en a marre de ces discours de vieux. Je peux t'en prendre une?

Rosa lui tend une cigarette.

– Bon, comment vas-tu Little Turtle?

– Bien, répond rapidement Jeanne, surprise par cette question.

– C'est tout?

– Comment ça, « C'est tout »?

– À ton âge, « bien » ne me paraît pas suffisant…, poursuit Rosa.

Jeanne arbore un sourire complice et souffle la fumée de sa Popular. Sa grand-mère n'est pas dupe, elle observe son manège depuis quelques semaines. Rosa continue:

– Jeu. Oui ou non. Tu passes un bel été?

– Oui.

– Tu t'es mise à danser?

– Oui.

– Tu aimes ça?

– Oui.

– Tout se passe bien avec tes amis?

– Oui.

– Tu as un amoureux?

– Oui.

– Tu veux m'en parler?

– Oui.

Et Jeanne raconte Raphaël, leur rencontre l'année passée, leurs retrouvailles, leurs points communs, leurs regards, leur premier baiser, cette envie permanente de le voir, ses beaux yeux, sa belle gueule, sa voix rauque. Rosa est émue de partager les confidences de sa petite-fille, d'entendre ses mots tremblants, de la savoir amoureuse.

– Je me souviens de ton père quand il a rencontré Suzanne. Ses yeux brillaient des mêmes étincelles. Il ne disait rien, mais il était différent… Et plus Alexandre le provoquait en y faisant allusion, plus Robin s'en cachait. Il a fini par nous la présenter en demandant à son père de se faire discret, ce qu'il n'avait bien sûr pas réussi à faire… du tout!

À cette évocation, Rosa sourit. Jeanne reste impassible, presque triste.

– Qu'est-ce qu'il t'arrive?

– Rien.

– Arrête Jeanne… Parle-moi.

– Rien, je… Ça me fait toujours bizarre quand on me parle de mes parents avant, de la beauté de leur amour, de leur joie, j'ai jamais vraiment vu tout ça… C'est parti où?

Jeanne a dit ça du bout des lèvres, dans un chuchotement, étranglé, comme pour ne pas déranger. Révélation impudique, difficile. Rosa est prise de court. Par ces mots mais surtout par l'émotion qu'ils ravivent. Ça résonne si fort.

Un court silence s'impose. Le Chat sort de sa cachette et se frotte contre le tronc du mûrier. Le soleil finit sa course derrière la colline. Jeanne regarde ses pieds et n'ose plus parler. Rosa avale sa salive, et voyant que cela ne suffit pas boit une gorgée de rhum puis, avec beaucoup de précaution, tente de répondre à sa petite-fille :

– C'est toujours là, Little Turtle. Tu l'as vu comme moi ce soir, tes parents s'aiment, c'est une évidence, mais l'amour n'est pas toujours flamboyant, surtout avec les années. Il y a des hauts et des bas comme on dit, c'est…

– Beaucoup plus de bas quand même.

– Non, enfin… Quelque chose les a abîmés et…

La conversation dérape. Ce « quelque chose » est le point de rupture. Jeanne n'en peut plus de cette omerta. Insupportables cette fuite et ces non-dits. Dans sa tête, tout se brouille et une colère jusque-là contenue vient prendre toute la place. Sa bouche s'assèche, son regard s'affole, sa rage se cale en travers de la gorge et ses mains commencent à trembler. Rosa ne fait pas attention et poursuit :

– Et ça s'est répercuté sur leur couple.

C'en est trop. Corroborant des années de silence et de déni, privilégiant l'esquive, négligeant le deuil. Le mot obscène, responsable des plaies non cicatrisées. Le courroux n'y résiste pas et Jeanne explose :

– « Quelque chose » ! « Ça » ! Vous n'en avez pas marre de faire comme s'il ne s'était rien passé, comme si elle n'avait jamais existé ? Alexandre est mort depuis dix-sept ans et on en parle tout le temps, mais d'elle jamais ! Elle s'appelait pas « ça » mais Mona ! M-O-N-A ! C'est sa mort qui les a ravagés. Alors pourquoi tu te tais toi aussi, pourquoi tu dis pas son prénom quand tu parles d'elle ? C'était pas « quelque chose », c'était ma sœur jumelle putain…

Jeanne s'effondre. Torrents de larmes pour celle qui a enfin nommé l'absente. Rosa, dévastée, termine la phrase qu'elle n'avait jamais prononcée :

– Et elle s'appelait Mona.

Rosa laisse les larmes couler mais continue de parler, elle a besoin de s'excuser :

– Je suis désolée Little Turtle, tu as raison, il faut parler d'elle car Mona est là, partout, tout le temps, et oui, son départ a…

– Sa mort, rectifie Jeanne qui ne veut plus de ces métaphores annihilantes.

– Sa mort…, reprend Rosa, sa mort a terrassé tes parents, elle nous a tous terrassés.

Jeanne se frotte les yeux, regarde sa grand-mère et plonge se réfugier dans ses bras.

– Elle me manque tellement, sanglote Jeanne.

– Elle me manque aussi.

– Tu as pu la voir toi ?

Cette question désarçonne Rosa. Cette question impose un souvenir. Celui du corps de Mona. Inerte. Si fragile.

– Oui.

Le Chat a sauté sur la table. Il parade pour divertir ses dames. Il se courbe puis se cambre. Miaule et se faufile entre le pot d'olives et le cendrier. Jeanne le regarde déambuler, soulagée d'avoir pu se délester de ce qu'elle portait depuis trop longtemps. Rosa est vidée. Beaucoup de secousses à l'intérieur. Un soupir intense. Le souffle de Rosa est profond. Elle expire et expie. Elle se met à tousser, des cris cachés. Jeanne se redresse et pose ses mains sur les épaules de sa grand-mère. Quelques minutes sont nécessaires pour assimiler la puissance de cette évocation. Ce prénom prononcé, ce visage redessiné, les cœurs enfin autorisés à se rappeler… Un temps pour retrouver l'équilibre.

Le Chat miaule étrangement, et son chant de castrat les ramène sur terre. Rires de Jeanne, qui ne savait pas l'animal capable de telles vocalises. Rires de Rosa répondant à ceux de Jeanne. Les verres quittent la table et basculent cul sec.

Il fait encore très chaud et elles ont soif. Elles ont mérité une deuxième tournée de mojitos. Chacune à sa tâche, elles reprennent leur conversation.

– C'est cool que mes parents se retrouvent, je ne les ai jamais vus comme ça. Et toi Alexandre, tu l'as toujours aimé ? Fort, je veux dire…

– Ton grand-père est l'amour de ma vie. Nous avons vécu de nombreuses années exclusivement l'un pour l'autre, fusionnels, pour mon plus grand bonheur. Mais je dois avouer, puisqu'il faut arrêter de raconter des histoires, qu'avec le temps, même si notre amour est resté intact, notre relation a changé, est devenue plus platonique.

– Platonique ? Tu veux dire que vous ne couchiez plus ensemble ? demande Jeanne sans gêne.

– C'est un peu plus complexe que ça. Disons que nous étions liés par d'autres choses que le corps.

Rosa aimerait poursuivre et confier à sa petite-fille tout ce qu'elle devrait savoir pour s'épanouir et devenir fleur. Lui dire que la règle en amour c'est qu'il n'y a aucune règle sinon celle du respect. Rosa pourrait également lui dépeindre un autre Alexandre et lui avouer que l'homme de sa vie n'était pas facile. Que le Grand

Homme était tout aussi petit, handicapé par un ego démesuré. Toujours tourné vers son nombril, à s'observer, s'analyser, se questionner. Focalisé sur sa personne et peu à l'écoute des autres malgré ses extravagants élans de générosité. Solitaire et indépendant, il organisait sa vie pour lui-même et les autres devaient s'en arranger, composer autour de lui, ne pas trop lui en demander et le remercier, le vénérer pour les grandes choses qu'il accomplissait. Heureusement sa belle humeur, son amour rugissant, ses cadeaux extraordinaires et ses pics de joie intense avaient toujours compensé les vides creusés par son autolâtrie. Presque toujours. Elvis et Robin portant encore les stigmates de ce père pharaonique.

Rosa aurait tant de choses à lui dire. Sur la beauté et la cruauté des baisers. Sur les amants qui tremblent souvent sous les draps. Sur les sentiments qui muent du début à la fin. Sur les années qui tissent une peau.

Mais Rosa ne lui racontera pas tout ça. Pour ce soir, elles ont eu leur plein d'émotions. L'heure est à ce deuxième mojito. Plus corsé. Parce que sa petite-fille est une presque femme. L'ivresse la gagne doucement et elle se souvient de leurs histoires d'amour, de leurs sorties, de leurs moments. Suzanne et Robin. Elle et son Alexandre.

Une photo qui existe

/clic/

Les grilles du portail sont ouvertes.
Haie d'honneur pour Suzanne et Robin,
marchant l'un contre l'autre,
jeunes amants amoureux.
Il porte un jean neige et un Perfecto.
Elle, une robe moulante avec des grosses fleurs
et un bandeau vert dans ses boucles noires.
Ils s'apprêtent à dîner sur la terrasse
de la pizzeria Chez Laurette
et à échanger leur premier baiser.

/clac/

27

Le bal de Rosa
15 août 1964

Les guirlandes de fanions quadrillent l'espace. Des lampions ont été accrochés aux quatre coins de la place. Chignons tirés, cheveux gominés, toilettes soignées, chemises impeccables, maquillages et parfums, ongles peints, broches nacrées, souliers vernis, les villageois se sont mis sur leur trente-et-un. Jacques Hélian et son orchestre sont les prestigieux invités du bal de Lomet et se produiront en deuxième partie de soirée. En attendant, comme chaque samedi, c'est Henri, figure locale, qui anime la piste avec son groupe musette.

Les anciens sont assis en ligne de chaque côté du grand parquet monté pour l'occasion. Ils admirent les robes qui tournoient et les talons qui claquent. Les filles et les gars du pays sont en liesse. Ils déambulent, deux par deux, émoustillés et guillerets. Certains étaient encore aux champs tout à l'heure, à suer sous le soleil d'été. D'autres, en congé, ont participé au concours de pétanque organisé par l'Amicale laïque. L'ambiance est joyeuse, bon enfant. Pour quelques heures, les querelles de clocher se taisent et les voisins détestables se supportent. Chacun fait bonne figure pour profiter de cette soirée tant attendue, de ses guirlandes, de son ivresse. Les distractions manquent par ici et la musique est d'un grand réconfort. De belles voitures, Frégate, Dauphine, Simca, colorées, rutilantes et lustrées, sont alignées près de la fontaine. Leurs propriétaires, n'habitant qu'à quelques centaines de mètres, auraient pu venir à pied, mais l'occasion est trop belle, une des seules de l'année leur permettant d'exposer leurs trophées. Le maire du village fait un discours lors de la remise du prix aux plus valeureux boulistes. Il cite de Gaulle et Trenet, en profite pour dire qu'il se représente aux prochaines municipales et souligne qu'il est pour beaucoup dans la venue de Jacques Hélian dans le village. Tout le monde applaudit, fort, pour que l'élu se taise et que la fête reprenne.

Rosa et Alexandre arrivent bras dessus bras dessous. Ils sifflent ensemble. Rosa porte une robe bouffante rouge à pois blancs. Elle est cintrée à la taille et offre à sa poitrine un décolleté pigeonnant. Ses sandales carmin ont des talons de huit centimètres et la grandissent un peu mais, dans les bras de son cavalier, l'homme le plus grand du bal, Rosa paraît toujours aussi petite. Elle est fière de danser aux côtés de son mari, mot qu'elle prononce avec douceur et envie en roulant le *r*. Ils se sont mariés quelques mois auparavant sur un coup de tête, le jour des vingt ans de Rosa, après deux ans d'amour-passion. Il est arrivé à la Villa des Ronces sur sa moto, habillé d'un costume léopard, coiffé d'un chapeau melon piqué de plumes rouges et bleues, un tournesol entre les dents. Le père de Rosa n'étant plus de ce monde, il a demandé à voir sa mère. Il s'est agenouillé devant elle avec beaucoup de cérémonie et lui a annoncé qu'il venait chercher sa fille pour l'épouser, qu'il partait immédiatement pour la gare, où un train les attendait pour aller quelque part. Quelque part vers le sud. Vers le sud où il y a la mer. Pour les vagues et l'horizon.

– Madame, ne vous inquiétez pas, je suis l'homme de la situation. Je réserve à votre fille un avenir radieux.

La mère de Rosa, qui avait le même grain de folie que sa fille et son futur gendre, fut satisfaite de cet enlèvement. Elle qui s'était trompée d'époux était heureuse de voir que sa Rosa avait sûrement déniché le bon du premier coup. Femme corsetée par un mari trop sérieux, elle souhaitait à son aînée des heures plus trépidantes.

Alexandre est allé chercher deux marquisettes à la buvette. Il est revenu avec trois car il a grand soif. Ce soir, il a mis une belle chemise en satin orange qu'il a fait blouser dans un pantalon en jean. Et a choisi un trilby* et une cravate à paillettes pour l'occasion. Il a lissé sa moustache et l'a étirée en spirale de chaque côté de ses lèvres. Tout le monde le dévisage avec curiosité. De toute façon, tout le monde le dévisage toujours avec curiosité, car il est excentrique et exhibitionniste. Il aime s'afficher, se pavaner, être décalé et happer ceux qui l'entourent. S'il le pouvait, il se déplacerait en autruche, défilerait en tenue de Tarzan avec des girafes et des hyènes dans son cortège, chanterait *Le Déserteur*** dans un mégaphone accompagné d'un chœur d'hommes nus, barbus et poilus. Besoin d'extravagances pour exister, de déstabiliser l'autre pour se stabiliser. Nécessité d'être le centre de toutes les attentions.

Alexandre boit d'un trait ses deux verres, Rosa fait de même avec le sien et l'entraîne sur le parquet de danse. L'orchestre entame un paso doble, et cette musique électrise Rosa, qui éprouve l'envie urgente de virevolter dans les bras de son cavalier. Elle s'offre à la musique sans retenue. Elle est souple, sa longue chevelure brune dégringole sur sa cambrure, sa main, délicate, embrasse celle de son partenaire, ses yeux ne quittent pas les siens, elle le dévore du

* Chapeau à bords courts et relevés.
** Chanson de Boris Vian.

regard, sent la paume de sa main gauche dans le creux de ses reins, ses doigts élancés flattant sa croupe sensuelle. Elle est bien, à sa place, libre et heureuse. Le couple enchaîne ensuite tangos et valses. Après une heure de tours et de pas enlacés, ils rejoignent la buvette, trempés de sueur et assoiffés. Rosa siffle son verre et annonce :

– Je vais me rafraîchir à la rivière.

– Va ma belle, va…

Alexandre commande un autre verre et regarde sa femme atteindre le petit pont.

La lune est comme un soleil, éclaire la plage de galets comme en plein jour. Rosa, exaltée, s'assied de travers sur un rocher et tente d'enlever ses chaussures. Elle a du mal à détacher la lanière de son soulier droit. Elle est prête à renoncer et à se mettre à l'eau chaussée quand une voix vient à son secours :

– Je peux t'aider ?

Rosa ne sursaute pas. Elle tourne la tête en direction de cette voix, s'en amuse et répond :

– Oui.

Le bienfaiteur s'approche d'elle et se met à ses pieds. Il défait sans difficulté les attaches et retire les escarpins de Rosa. Puis, délicatement, passe son doigt sur ses orteils.

– Elles ont fait des traces. Tu as dû prendre une pointure trop petite.

– Oui, je sais, mais elles me plaisaient tellement, c'était la seule pointure de disponible dans la boutique.

– Je m'appelle Sandro, et toi ?

Rosa esquisse un sourire complice et dit :

– Moi c'est Paloma.

– Tu allais te baigner ?

– Oui… enfin non, pas vraiment, simplement me rafraîchir. J'ai trop dansé.

– J'ai vu ça.

Rosa baisse les yeux pour ne pas croiser ceux de Sandro.

– Bon alors on y va ? lance-t-il.

– Où ? demande Rosa devenue Paloma, désorientée par la marquisette et ces yeux qui la transpercent.

– Se baigner !

Sandro est déjà debout en train de retirer ses vêtements sans aucune gêne, Paloma savoure cet effeuillage surprise. Il est maintenant nu devant elle et lui tend la main. Elle coopère, se relève, défait les boutons de sa robe qui tombe sur le sol, puis ôte son soutien-gorge et sa culotte. Sandro et Paloma ne parlent plus et laissent la musique du bal les porter vers le courant. Une fois dans l'eau, ils s'éclaboussent et se courent après comme des gamins. Ils nagent jusqu'au rocher au milieu de la rivière, grimpent, sautent, grimpent, sautent. Leurs rires résonnent dans les grottes creusant la falaise. Quelques chauves-souris virevoltent au-dessus d'eux. Une chouette les observe. Ils sont maintenant côte à côte sur une dalle de calcaire, encore bouillante après cette journée caniculaire, ils ont ramené leurs genoux sous leurs mentons. Ils écoutent les musiques entraînantes de l'orchestre. Leurs corps si proches et leurs souffles en écho. Paloma sent une étrange fièvre monter en elle. Sa respiration s'accélère et son ventre, ses seins, ses mains sont parcourus de légères secousses. Elle fait mine d'être gênée, se tortille, se racle la gorge et tente de se relever quand Sandro lui attrape le bras et la ramène à elle. Paloma n'a pas le temps de réagir. Les lèvres de Sandro sont sur les siennes. C'est fort. C'est bon. Quelques secondes suffisent à ce que la fougue de Paloma éclate. Elle lui rend son baiser. À pleine bouche. Elle l'étreint avec force et le cherche de ses mains. Ils font l'amour. Elle se moque de la lune qui les illumine et des gens qui pourraient les voir. Du reste du monde.

Tatatata! Des pétards explosent. Paloma redevient Rosa et Sandro redevient Alexandre. Le jeu de rôle est terminé, mais la magie opère toujours. Les joueurs s'enlacent, s'embrasent et s'embrassent. Lèchent leurs corps en liberté. Savourent et étirent cette parenthèse improvisée. Se mordent. Se caressent. Et finissent par se rhabiller pour regagner la fête.

De retour à la buvette, Alexandre observe Rosa, encore un peu Paloma, mouillée, son maquillage dégoulinant sur ses joues rosées, ses cheveux trempés et dit :

– Eh bien, quelle chaleur !

Elle ne répond pas, prend son verre et le boit d'un trait.

– Mon ami, chante Alexandre en s'adressant à l'homme derrière le comptoir, un autre verre pour mon épouse, je te prie !

Rosa ne répond toujours pas, prend le deuxième verre et le boit d'un trait.

– Eh bien, tu avais soif ma belle !

Rosa reste un moment à observer le petit pont témoin de leur étreinte. Rosa boit un troisième verre et sent enfin sa fièvre redescendre. L'orchestre de Jacques Hélian et ses vingt musiciens est sur scène. Ils enchaînent les grands standards : *Milord*, *Salade de fruits*, *Itsi bitsi petit bikini*, *Twist twist baby.* Ils assurent le show et euphorisent la place. Les couples de danseurs se succèdent sans relâche, abandonnant toute réserve. Les jupes se relèvent, les mains se font plus coquines, les baisers plus ardents, les poitrines et les peaux suent et les mauvais garçons, jusque-là tenus par leurs cravates, commencent à jouer des poings. Alexandre, électrisé par cette atmosphère, lance son chapeau au barman et entraîne sa femme sur la piste. Rosa, évanescente, encore bercée par le murmure de l'eau.

L'un contre l'autre, Alexandre et Rosa dansent. Leurs talons claquent le parquet et leurs corps glissent parmi la foule. Après trois morceaux, Rosa, la tête posée sur l'épaule de son mari, dit :

– Je suis allée me rafraîchir à la rivière et j'ai embrassé un homme.

28

Suzanne s'est réveillée avec une migraine carabinée. Elle a pris de l'aspirine, mais le malaise persiste. Elle tente de rassembler ses forces dans la pénombre du salon, allongée sur le canapé. Robin est dans un fauteuil à ses côtés, il lit un magazine et s'occupe d'elle. Verres d'eau fraîche, gants humides, massage du cuir chevelu. Rosa lui a préparé une infusion de plantes dont elle boit quelques gorgées toutes les heures. L'état de Suzanne les préoccupe, elle n'est pas en forme et cela ne date pas d'hier. Des semaines qu'elle se traîne et qu'elle leur échappe. Robin a tardé à s'en rendre compte et tâche de se rattraper en redoublant d'attentions. Jeanne est à la plage du Pigeonnier pour fêter l'anniversaire de Raphaël, mais elle est repassée trois fois à la maison sous prétexte d'avoir oublié son haut de maillot, ses lunettes ou encore son paréo. À son quatrième passage sur le coup de dix-huit heures, elle demande :

– Maman ne va pas mieux ? Il faudrait peut-être appeler Paul…

Son inquiétude rencontre celles de Robin et Rosa, et cette dernière appelle le médecin. Jeanne décide d'attendre sa visite avant de repartir.

– Bonjour Paul, merci d'être venu si vite, dit Rosa, qui le connaît depuis l'enfance.

– Je t'en prie. Où est Suzanne ?

– Dans le salon. Ça fait déjà plusieurs semaines que ça dure. Elle mange peu, dort beaucoup, ces migraines à répétition s'intensifient…

– Je vais l'ausculter.

– Je te prépare une limonade ?

– Un rosé bien frais, j'ai terminé mon tour de garde.

Rosa, Jeanne et Robin font les cent pas dans le jardin pour chasser leurs idées noires. Robin sent son cœur tambouriner dans sa poitrine et dans ses mains, moites. La dernière fois que le docteur Thibon est venu ici, c'était il y a un an, à cause des douleurs abdominales de Robin. C'est lui qui avait palpé son ventre et l'avait envoyé en urgence consulter un spécialiste sur Lyon. La suite de cette consultation, un cauchemar. Trois cent soixante-cinq jours après, l'émotion de cet instant est toujours là, ravivée par cette présence. Et Robin sent la peur rôder, vicieuse, essayant de reprendre possession de ses entrailles.

Après quarante minutes interminables, Paul sort enfin de la maison. Rosa essaie de lire sur le visage de son ami, mais il porte le masque impénétrable du médecin, celui qui lui permet d'honorer son serment jour après jour. Jeanne lui saute dessus :

– Alors Paul, comment va maman ?

– Je l'ai accompagnée dans sa chambre. Elle a besoin de beaucoup de repos. Elle m'a chargé de vous dire qu'elle préférait rester seule. Elle vous verra demain après une bonne nuit de sommeil.

– Mais qu'est-ce qu'elle a ? insiste Jeanne.

– Une grande fatigue.

Robin, totalement dérouté, s'énerve :

– Bon sang Paul, une grande fatigue ce n'est pas un diagnostic ! Qu'est-ce qu'elle a exactement ? On a besoin de savoir, on…

– Si Robin, c'est mon diagnostic, je pense que Suzanne souffre d'une grande fatigue. Et ce n'est pas rien, ni simple de guérir de ça… Je lui ai donné de quoi bien dormir et prescrit quelques examens par précaution, mais à part une légère anémie, je pense qu'on ne trouvera rien.

– Mais qu'est-ce…

– C'est le contrecoup, c'est évident.

– Le contrecoup de quoi ? demande Robin qui, la question aussitôt formulée, sait que tout le monde connaît la réponse.

Le médecin prend le verre que Rosa lui tend, le boit en trois gorgées, et conclut :

– L'infirmière passera demain matin pour une prise de sang. Je ne travaille pas le mercredi, mais appelez-moi sur mon portable si besoin, je repasserai jeudi. Calmez-vous mes amis, et faites-lui confiance.

– Merci encore Paul, dit Rosa en le raccompagnant à sa voiture.

Robin tourne comme un lion en cage. Il prend un verre, le repose, s'assied, se relève, attrape un magazine, le lance sur une chaise, reprend le verre, le remplit, le boit, se dirige vers la mare, fait demi-tour, guette sa mère qui revient et scrute son visage. Rosa tente de le rassurer :

– Paul ne la laisserait pas passer la nuit ici s'il y avait une urgence. C'est un bon médecin, tu es bien placé pour le savoir.

Jeanne s'est réfugiée dans la cuisine. Elle s'asperge d'eau pour recouvrer ses esprits et ne pas se laisser emporter par la vague d'angoisse qui l'assaille. Elle se remet tout juste de la maladie de son père, il faut que sa mère aille bien. Il faut qu'elle tienne le coup. Il faut qu'elle reste debout, qu'elle continue de danser, d'être une reine, d'être la plus belle du monde. Il faut qu'elle retrouve son incroyable sourire et ses gestes tendres. Jeanne se frictionne le visage et prend une grande inspiration. Une deuxième. « Ça va aller », répète-t-elle en boucle dans sa tête. Elle attrape son téléphone dans la poche arrière de son short et appelle Raphaël pour lui annoncer qu'elle ne pourra pas revenir à la fête. Robin est derrière elle et dit quand elle raccroche :

– Tu n'as pas besoin de rester Jeanne. Maman se repose et avec Rosa nous sommes là.

– Si, j'ai besoin de rester papa. J'ai besoin.

Robin s'avance vers sa fille.

– Viens là, murmure-t-il.

Jeanne se réfugie contre son torse. Il la serre de toutes ses forces. Elle sent les bras de son père, immenses, elle sent sa poitrine, solide, elle sent son odeur, rassurante, elle sent son souffle, vivant. Elle peut enfin se reposer sur lui, et cette seule pensée suffit à l'apaiser.

Le soleil se couche avec lenteur. Rosa et Jeanne s'affairent autour de l'évier pour éviter de penser. Robin fait un saut à l'étage pour s'assurer que tout va bien. À travers la porte, Suzanne répond avec calme, lui dit qu'elle va s'endormir. Robin a la main sur la poignée, il commence à l'actionner, il veut entrer pour l'embrasser, pour éloigner les diables, puis s'arrête. Un soupir, et il s'éloigne de celle qui dans son lit pleure en silence et fait semblant de dormir.

La lune se lève avec lenteur. Rosa, Jeanne et Robin se sont installés sur des foutas dans l'herbe près du sycomore. Ils ont allumé quelques bougies, ont pris un paquet de chips, des olives, des tomates cerises et une bouteille de viognier. Chacun son verre, trinquer, les yeux vers le ciel, une première étoile filante, le même vœu pour tous. Rosa ne parle pas ce soir, elle préfère chanter plutôt que de se perdre dans des phrases hésitantes. Sa guitare contre sa poitrine, ses doigts guidant les cordes, elle fredonne des chansons de Janis Joplin et Patti Smith. Sa voix de rockeuse s'accorde aux grillons et s'échappe vers les branches, les cimes, les toits, les corbeaux, les ruelles. Vers les fenêtres ouvertes de l'étage et la chambre sous les combles. Vers Suzanne, recroquevillée sur son lit, un coussin dans les bras.

Il est près de minuit quand le chant de Rosa s'arrête. Elle rentre se coucher. Jeanne et Robin s'allongent sur les transats en plein milieu de la pelouse, à l'endroit où aucun arbre ne vient masquer la nuit. Ils observent la voûte céleste, piquée de milliers de paillettes. Chacun chemine d'un scintillement à l'autre, la rumeur des grenouilles comme bande-son. Les paupières de Jeanne finissent par s'abaisser. Robin se penche vers elle. Il l'admire avec émotion et se rappelle les heures qu'ils ont passées, Suzanne et lui, à la regarder dormir. Ses lèvres entrouvertes, ses ronflements imperceptibles, ses sourires aux anges, c'était hier, et sa grande fille bientôt femme est toujours pour lui ce bébé fragile qu'il a tant bercé. Les yeux de Robin rejoignent le ciel. Beaucoup d'étoiles filantes. Une heure de plus. Ne pas trouver le sommeil. Se remémorer toutes ces journées ensemble. Dans ce village. Dans cette maison. Des souvenirs par centaines. Ici. Là. Là. Sur ce muret. Sous ce mûrier. Ici. Là. Derrière les roseaux. Devant le garage. Sous les pêchers. Devant cette porte. Images kaléidoscopes se succédant à l'infini, jusqu'à la dernière étoile, jusqu'aux premières lueurs du jour.

L'aube, dégradé de noirs, bleus jusqu'à l'orange, tableau de lignes pastel, changeantes et floues, colore le monde de son étrange lumière. C'est au lever du soleil que les yeux de Robin se ferment. Quelques heures de sommeil pour celui qui a veillé sur les ténèbres.

Rosa est la première à se réveiller. Elle s'installe sans un bruit à la table de pierre et souffle sur son thé bouillant face au spectacle de son fils et de sa petite-fille allongés dans les chaises longues. Elle s'en amuse, ils ont toujours aimé dormir dehors ces deux-là. Longtemps qu'ils ne l'avaient pas fait. Au bout de trente minutes, Jeanne se réveille à son tour et, à peine debout, demande à sa grand-mère :

– Tu as vu maman ?

– Pas encore Little Turtle.

Robin, percevant des voix, les rejoint malgré son regard brumeux. Rosa leur sert une tasse et ils contemplent la fumée qui s'évapore en silence. Une porte claque. Ils relèvent tous la tête en direction de la maison. Suzanne. Suzanne a quitté sa chambre. Suzanne a descendu les escaliers. Suzanne est sortie de la villa. Suzanne est enfin là, devant eux.

29

V i s i o n d ' u n c o r p s en suspension. Différent. Cette femme n'est pas la même qu'hier.

Suzanne, que t'est-il arrivé ? Où es-tu ? Cette blancheur t'appartient-elle ? Ma belle, tu marches d'un pas hésitant, tu parais si fragile, et en même temps si solide, ton regard a changé, ce n'est pas de la peur, il y a des étincelles dans tes pupilles, la peur ne ressemble pas à ça. Cette nuit a été longue, interminable, pour toi aussi. Je dois t'avouer que je suis un peu perdu, j'avais l'impression que c'était gagné, qu'on s'était enfin retrouvés, je crois qu'encore une fois j'ai voulu esquiver, tellement plus simple de ne pas faire face. J'ai honte, je me sens lâche, si j'avais réagi plus tôt tu n'en serais pas là aujourd'hui. Suzanne, je suis prêt, je ne vais plus me dérober, tu vas guérir, on va guérir, je t'aime, je vais te préparer des tuiles aux amandes, te regarder lire, t'emmener à Cadaqués, je vais reprendre le yoga, je vais aller au cinéma avec Jeanne, je vais cueillir des fleurs pour Mona, je vais couper les branches du figuier, je vais remonter le muret près du portail, je vais tout faire, tout, tu entends ? Tout.

Suzanne marche vers eux. Ses cheveux lâchés recouvrent ses épaules rentrées. Ses pas sont minuscules. N'osent pas. Ne comprennent pas. Où ils doivent aller. Ce nouveau jour est bien étrange. Cherche boussole pour tenir le cap. Dans cette direction ? Vers le haut peut-être. Oui, toujours mieux vers le haut. S'arrêter un instant. S'appuyer contre le tronc de l'olivier. Accueillir l'électrochoc. Beaucoup de secousses. Ce jour n'a pas les mêmes contours qu'hier et cela dérange. Cela renverse. Cela bâillonne. Les mots raclent les parois de la gorge, cherchent désespérément une issue, mais ce cri n'existe pas. Il est d'une autre dimension. Inconnue. Suzanne avance pourtant. Des pas de plus vers eux. Et elle grandit. Elle se redessine. S'impose des racines de ses pieds à la pointe de ses cheveux. Pour elle. Pour eux.

Suzanne est debout. Ils sont face à elle, transis. Suzanne les regarde, sereine, et tente de mettre des mots :

– Je... J'ai fait... J'étais mal depuis un moment. Sans me l'avouer, sans vouloir comprendre, j'ai minimisé mon état et fait comme si de rien n'était. Ta maladie, Robin, est venue remuer trop de fantômes, trop de peurs et j'ai... j'ai fait une dépression. Tout s'est cassé dedans. La mort de mes parents et... surtout... surtout... celle de Mona. Mona... C'est tellement étrange de le dire, à voix haute, de l'entendre, Mona, tellement de temps sans oser prononcer son nom.

Les gorges se nouent, se dénouent, les mains aussi, les tripes, les mâchoires. Aucun souffle. Seulement celui de Suzanne, haletant, abritant la voix de tous, la voix de celle, disparue, et pourtant partout.

– Mona est morte il y a dix-sept ans, et je crois que je viens de lui dire au revoir. Quand ils me l'ont prise, je... je me suis enfuie avec elle et j'ai tout verrouillé et je n'ai rien senti, ça a tout déchiré et je n'ai rien senti, trop violent peut-être... J'ai continué d'avancer mais... je me suis perdue en route. Je suis désolée, si...

Suzanne fond en larmes. Robin bondit de sa chaise pour la réconforter. Jeanne et Rosa se lèvent aussi et restent debout à leurs côtés. Les bras ballants. C'est étourdissant. Assimiler ces phrases suffoquées. Accepter le deuil.

Les minutes sont longues quand le temps s'arrête. Se remplissent de nouveaux sons et de nouvelles couleurs. Tout est neuf quand la terre bascule à la renverse. Plus vraiment de repères. Tenter d'avoir confiance et laisser se déployer cette prise de conscience salvatrice. Y croire comme on croyait aux chevaux dans les nuages. Aux lutins derrière les branches. Y croire avec émerveillement. Suzanne, Robin, Jeanne et Rosa sont tous réunis, corps contre corps, mains embrassées, pulsations liées par un même tempo. Instant de recueillement et de grâce. Communion. Suzanne ne pleure plus, elle inspire tout cet amour et sent que le cauchemar prend fin. Elle retrouve le parfum de la lavande et de la terre. Elle retrouve de la chaleur là où hier il faisait si froid. Elle retrouve un sourire. Véritable. Plein. Un sourire contagieux qui se diffuse sur leurs quatre visages. Parce que leur enfant morte peut enfin habiter les cœurs et les chairs sans les détruire. Parce que Mona peut enfin vivre dans les paroles de ceux qui l'aiment. Et c'est une immense victoire. Qui devrait être célébrée. Comme l'aurait fait Alexandre. Avec des bulles, des chapeaux excentriques, des musiciens en costards, des truites, des marrons glacés, du swing et des feux d'artifice.

Jeanne et Rosa étreignent une dernière fois la ronde puis s'éloignent. Suzanne et Robin se retrouvent tous les deux, l'un contre l'autre. Suzanne voudrait lui dire qu'elle s'en veut de ne pas avoir réagi, d'avoir nié ce qui ligotait son âme, et de tout balancer là, sans préambule. Dépression. Ce mot a tourné en boucle dans sa tête ces dernières heures. Elle s'est demandé plusieurs fois comment elle avait pu leur faire ça, mais s'est reprise à chaque fois. Elle n'est pas responsable. Ni coupable. Paul lui a expliqué que c'était un processus inconscient. Cette douleur insupportable, ce cataclysme, avait entraîné un plongeon désespéré pour faire sauter quelques fusibles. Extinction des feux. Anesthésie pour avoir moins mal.

Suzanne sort de sa noyade et relève son visage enfoui dans le torse de Robin. Elle regarde au-dessus d'elle, les litres d'eau lacrymale brouillant cet espace vertigineux, et respire fort pour passer au travers du précipice, suspendue, inspire, expire, crache l'usure et les années, le mal dans le ventre, la colère dégueulasse, les anges sans ailes, les yeux affolés sous les paupières closes, la peur, le rien, l'après jamais comme avant. Elle respire Robin, son odeur, si réconfortante. Oui, Suzanne respire. De l'air. Du soleil sur sa peau de mère. Des caresses de Mona. Mona qui est inanimée mais ne souffre pas. Mona qui n'est plus cette plaie béante fissurant l'écorce maternelle mais un rayon chaud sur son épaule nue.

Tu peux vivre mon amour, tu as le droit, tu as tous les droits, répare-toi sans condition, ne t'inflige plus cette solitude, ces heures sombres, ces interdictions, tu as le droit de sourire, de marcher, d'aimer, de manger, de danser, et tu n'as plus besoin des nuages pour te protéger, tu es ma belle, tu es leur mère, tu n'es pas responsable, tu n'as plus à chercher, il n'y a rien à trouver, plus de blâme, abandonne-toi au temps qu'il reste, fais-lui confiance, fais-toi confiance, ta chute se termine dans mes bras, enfin, que c'est bon de te voir debout, allez danse, danse, danse.

Suzanne se détache de Robin, fait quelques pas en arrière, se retourne et avance dans le jardin. Elle s'arrête, s'accroupit et crie au reste de l'univers :

– Je t'aime Mona !

Robin, emporté par cette déclaration sublime, répète les mêmes mots. Mais c'est le silence. Pas un son. Encore trop de nœuds dans sa gorge. Il répète pour les démêler. Le silence devient murmure. Il répète pour s'en délivrer. Le murmure devient audible. Et il répète, encore et encore, exalté, ardent, et les mots deviennent sonores. Pleins.

30

Le ciel est étrange. Sombre en plein jour. Opaque et rouge. Un vent bouillant souffle dans les cimes. Courbe leur échine. L'air est épais, chargé de cendres et de rage. Un feu s'est déclaré en fin de matinée sur le plateau des Gras. Quelques flammes d'abord qui, soufflées par le mistral, ont dégénéré en brasier. Des hectares de nature sont en train de brûler. L'incendie est colossal et sa couleur macabre se répand dans toute la région.

Rosa et les siens s'efforcent de respirer dans cette atmosphère asphyxiante. Les cœurs sont au repos, les bouches ont parlé hier, exprimant l'indicible. Leurs sourires sont là mais ne tracent aucune ligne sur leurs visages, car cette vision de l'enfer qui les encercle est oppressante. Ils observent le ballet des canadairs qui volent à ras de terre, allers-retours du lac au brasier, bravoure des pilotes, ronrons puissants des moteurs qui vibrent jusqu'aux tréfonds des spectateurs attentifs et impuissants. Les squelettes tremblent.

À quelques kilomètres d'eux, les cades, les ronces, les lièvres, les fourmis, les souris, les renards, les mûriers, les scorpions, les buis, les coléoptères, les belettes, les chênes, les faisans, les sangliers, les trèfles, le thym, la sauge, les vipères subissent les assauts des flammes, certains sont déjà noirs, morts, calcinés, d'autres sont à moitié léchés par les flammèches et croient encore à leur survie, d'autres ont pu fuir et ne risquent plus rien.

On entend les sirènes au loin, les pompiers de la terre se joignent à ceux des airs pour contenir le feu vorace. Des nuées d'oiseaux se succèdent dans le brouillard du carnage. Ils volent loin des débris de poussière, vite, s'échappent, loin des particules funèbres, vite, trouver à nouveau le bleu du ciel.

Rosa et les siens sont dans le jardin, ils écoutent les dernières informations à la radio. La piste criminelle est avancée. Un homme a été repéré dans le secteur et sa voiture est identique à celle aperçue lors d'un précédent départ de feu. Cette fois, la plaque d'immatriculation a pu être relevée et l'homme est activement recherché.

Pyromane. Tu as dans ta tête des allumettes qui craquent. *Crac.* Étincelles meurtrières qui naissent sous ton crâne. *Crac.* Tu es possédé par une foudre démoniaque. Tu rêves de flambeaux et de bûchers. De braises et de briquets. Dragon de pacotille, tu craches et tu fuis quand tout flambe. Et tu cherches dans la nuit des lambeaux carbonisés. Trophées.

Jeanne est dans un transat et elle pense au pyromane. Un court instant seulement car toutes ses pensées sont pour Mona. Mona. Mona. Elle a envie d'écrire son nom, de le répéter en boucle. Elle n'a aucune photo d'elle, aucun souvenir avec elle, rien, mais elle l'a souvent imaginée, cette sœur jumelle, cette autre elle, cette moitié. Aussi blonde qu'elle, avec des couettes et des grands yeux verts. Jeanne a joué des milliers de fois avec elle dans ses rêves. Mona adore les chiens et les coccinelles. Elle est intrépide. C'est toujours elle qui saute du plus haut rocher, qui grimpe la falaise la plus abrupte, qui passe devant et ouvre la voie pour Jeanne. Elle est insatiable et veut tout faire, tout essayer. C'est elle qui a poussé Jeanne à suivre Émilie sur la piste de danse le soir du bal de Lomet.

Jeanne lui parle parfois quand ça ne va pas, Mona est toujours là. Et c'est un grand soulagement aujourd'hui de pouvoir enfin évoquer sa sœur avec ses parents et sa grand-mère. Mais Jeanne n'est pas complètement sereine, la situation suscite encore un peu d'inquiétude. Elle a tapé « dépression » dans Google et elle a lu : « État mental caractérisé par de la lassitude, du découragement, de la faiblesse, de l'anxiété. » Ça lui a fait peur, surtout la lecture des témoignages. Mais elle se raisonne en se répétant qu'il faut se méfier des forums et que sa mère est une guerrière. Jeanne aimerait que ses parents l'accompagnent sur la tombe de Mona, qu'ils cessent d'y aller chacun de leur côté en cachette, sans rien se dire. Jeanne voudrait lui offrir des coquelicots, car Mona adore les coquelicots, et les pissenlits.

Le rouge des pavots ramène Jeanne à sa robe rouge, et elle se demande si elle la mettra ce soir pour aller à la fête chez Max. Même si elle sait que sa tenue importe peu, l'essentiel se trouve ailleurs, dessous, sur sa peau douce, qui devrait rencontrer celle de Raphaël jusque dans ses plis les plus intimes.

Robin est allongé sur l'herbe et somnole. Il est épuisé, n'a pas fermé l'œil de la nuit mais ne veut rien perdre de cette journée, aussi sombre soit-elle. Il observe entre deux paupières les mésanges qui se cachent sous les feuilles d'un chêne. Il se dit qu'aujourd'hui lui aussi a des ailes. Qu'il peut voler et croire au soleil de minuit, aux cicatrices réparatrices, à la vie d'après, à la brume éphémère, aux chuchotements des morts. Des ailes pour être au-dessus du vide et le narguer. Des ailes pour traverser l'océan Atlantique et rejoindre son frère. Elvis, trop grand, trop sérieux, trop cartésien mais tellement rassurant. Compagnon solide et inébranlable, contrastant avec la figure du père, volatile. Insouciante. Parfois indifférente.

Le jour où j'ai ramassé un écureuil écrasé que je berçais contre mon torse de petit garçon, Alexandre, plutôt que de m'apaiser, s'est mis en tête de l'empailler. Elvis, tu étais là, tu as éloigné notre père et tu m'as consolé.

Le jour où je me suis ouvert l'arcade, Alexandre s'est enfermé dans sa cabane pour écrire le sang et la panique. Elvis, tu étais là, tu as posé un linge sur mon front.

Le jour où j'ai appris que je devais aller aux repêchages pour mon bac, notre père m'a félicité en sabrant une bouteille de champagne. Elvis, tu étais là, tu t'es enfermé trois jours avec moi dans le bureau pour m'aider à réviser.

Le jour où je me suis marié, Alexandre, refusant de mettre les pieds dans une église, est arrivé à la fin de la cérémonie. Elvis, tu étais là, tu as accompagné Suzanne jusqu'à l'autel.

Il n'y a plus d'alibis, plus d'excuses. Les souvenirs ont perdu leur apparat et désormais tout est visible. Les éclats de rire, la folie douce, les soirées merveilleuses, l'amour véritable, la complicité qui les unissaient, tout est là, leur quatuor a bien existé, unique, monumental, passionné. Mais le reste aussi. L'absence de ce père, ses manquements, dissimulés par sa fougue et son aura, ne peuvent plus être niés. Voilà pourquoi, des années après sa mort, Robin courait toujours après cet homme qu'il croyait gigantesque, magicien, capable de tout alors que non, c'est une évidence, sa voix forte et ses habits multicolores n'étaient pas là pour amuser ses garçons mais pour camoufler les vides sous sa carcasse. Déguisé et fardé, le Grand Alexandre pouvait parader et exister. Cultiver le trop pour combler les carences et réussir à aimer, malgré tout.

Robin n'est pas en colère. Ce manque s'ajoute simplement aux autres. À cette mère courant le monde, à ces rêves avortés, à ce bébé volé, à ce ventre balafré, à toutes ces plaies qui construisent une vie. Mais ce manque révélé n'altère pas le beau, n'enlève rien, au contraire, il rend le reste encore plus intense.

Une photo qui n'existe pas

/clic/

Elles sont deux. Pas les mêmes
et pourtant identiques. Mona dans une robe
de Jeanne. Jeanne dans une robe de Mona.
Main dans la main, elles se sourient.
Ce soir, elles seront les plus belles pour aller danser.

/clac/

31

Le jour touche à sa fin et l'incendie n'est plus qu'une fumée persistante. Le feu a été maîtrisé et les canadairs ne fendent plus le ciel. Il est vingt heures quand Jeanne arrive chez Max. La maison est très classe. Moderne, décorée avec goût, des baies vitrées à galandage, une grande terrasse avec piscine, un jacuzzi et des poufs partout. Il y a déjà beaucoup de monde. Max n'a pas menti quand il a dit que ce serait la fiesta de l'été. Il a même pris un DJ pour la soirée. Émilie saute sur Jeanne dès qu'elle la voit. Elles s'embrassent, se félicitent sur leurs tenues respectives, se mettent à sautiller, passent d'une pièce à l'autre, se servent un punch et rejoignent Max près du buffet. Entre deux conversations, Jeanne cherche Raphaël, mais il n'est pas encore arrivé. Trop longtemps qu'elle ne l'a pas vu, elle est en manque. Elle tente de se distraire avec les petits fours et en buvant son cocktail à grandes gorgées. Émilie fait quelques selfies avec elle et les poste sur Instagram. Elle lui parle du feu qui a frôlé la maison de sa tante mais que les pompiers ont réussi à éteindre in extremis, de la trouille qu'elle a eue, de son envie de devenir pompier volontaire, de Max qu'elle trouve trop sexy et qui la change des gars de son quartier pourri de la banlieue lyonnaise. Jeanne l'écoute à moitié, obnubilée par celui qu'elle attend. Émilie sent bien que sa copine est à côté de ses pompes, elle la bouscule un peu, lui glisse une cigarette dans la bouche et l'entraîne danser. Le temps passe et Raphaël se fait attendre. Il l'avait pourtant prévenue, lui avait expliqué qu'il allait escalader dans les gorges et qu'il arriverait tard. Mais Jeanne se languit de lui. Sent sa fièvre monter. Elle lui envoie un message, mais il ne répond pas. Il est vingt-deux heures, Jeanne en est à son quatrième punch et danse, passionnée, quand :

– Tchin !

Jeanne sursaute. Raphaël est à ses côtés. Elle lui sourit et trinque avec lui. Basique. À l'extérieur, tranquillité de façade. À l'intérieur, pure folie. Excessive. Échevelée. Les phéromones se déchaînent dans les narines. Jeanne sniffe à pleins poumons cette cocaïne de l'amour. Qui s'infiltre en une seconde dans tout son corps. L'irradiation est totale. Artères, organes, cellules, tous sont contaminés. La dopamine s'en mêle et entraîne Jeanne dans un état second, la demoiselle plane. Et, immédiatement après, se fait embarquer par l'adrénaline. Son cœur tabasse sa poitrine, sa transpiration s'emballe et son estomac se noue. Jeanne aime avoir envie, sentir cet élan viscéral, cette succession de vagues bouillantes lécher l'intérieur de son corps. La bouche sèche et affamée, elle termine son verre d'un trait. Raphaël, impressionné par sa descente, siffle avec admiration.

Ce sifflement est terriblement érotique, et Jeanne se met à bouillir. Joues rouges. Respiration rapide.

– Viens ! lance Jeanne, brûlante.

Raphaël la suit sans hésiter. Jeanne marche avec urgence, ne s'arrête pas dans la première chambre, trop près, elle passe le couloir où des corps s'enlacent, grimpe les escaliers et s'engouffre dans une chambre à l'étage. La porte-fenêtre est grande ouverte. Jeanne et Raphaël sont face à face et ne se parlent pas, ce n'est pas nécessaire. Jeanne est maintenant immobile. Elle veut tout et ne fait rien. Raphaël prend le relais, saisit ses hanches, la tire vers lui, l'enveloppe de ses bras et l'embrasse dans le cou. Détonateur. Jeanne bondit sur Raphaël. Les vêtements volent aux quatre coins de la chambre. Ils sont nus. Leurs corps se découvrent. Lui sur elle. Elle sur lui. Ils s'explorent. Elle sent son sexe dur. Il sent son sexe mouillé. Ils s'enlacent un moment puis Raphaël marque une pause pour attraper son jean et fouille dans les poches. Jeanne reste accrochée à lui. C'est long. Ils se rallongent. Trop long. Raphaël essaie de mettre le préservatif, n'y arrive pas, semble embarrassé, sa gêne gagne Jeanne qui se replie imperceptiblement. La fougue s'en est allée, mais les jeunes amants poursuivent malgré tout. Jeanne ne peut plus prendre aucune initiative et attend que son sexe perce le sien. Elle a rêvé cet instant des dizaines de fois. Jamais le même rêve. Jamais comme ça. Raphaël tente de garder la face. Fébrile. Elle ouvre un peu plus les cuisses et s'agrippe avec fermeté à son cavalier. Raphaël prend le temps d'un baiser tendre puis se perd en elle. Avec douceur et force. C'est maladroit. C'est douloureux. C'est agréable. Jeanne est concentrée. C'est étonnant cette sensation. Ce n'est pas du plaisir mais ça y ressemble.

Sur ce lit inconnu, emprunté, enveloppés dans la musique assourdissante de la fête, Jeanne et Raphaël ont fait l'amour et sont étendus côte à côte, essoufflés. Jeanne a ses mains sur son bas-ventre tout chaud, à part ça, elle ne sent rien de différent. Elle n'est pas déçue par cette première fois plus mécanique que torride, n'a pas saigné comme elle le craignait, est impatiente de tout raconter à Émilie, a déjà envie de recommencer pour avoir moins mal, moins peur et prendre plus de plaisir. Elle savoure le souffle de Raphaël dans son cou haletant, regarde le plafond qui brille grâce au ricochet de la lune dans l'eau et sourit à sa virginité envolée. Peut-être que si, en fait, elle sent quelque chose de différent.

32

Ne plus avoir sommeil.

Robin a quarante-sept ans. Des rides au bord des yeux. Des cheveux blancs, clairsemés. Une peau qui fait des plis par moments. Un corps qui refuse certains mouvements. Des gerçures, visibles et invisibles. Mais tout cela n'a plus d'importance maintenant. La vie vient de le cueillir à nouveau et il n'est pas près de s'en défaire. Il va honorer ce cadeau, ce privilège. Mais avant, il a quelque chose à dire.

« Quand tu souhaiteras en parler, je serai là. » Les mots et les bras d'Elvis. Le soutien pudique du grand frère complice. L'ancrage solide. Robin est prêt. Il est deux heures quarante-trois à Lomet et vingt heures quarante-trois à Montréal. Mise en route de Skype. Attente de connexion. Sonnerie. Au Québec, Elvis boit une bière avec sa femme sur leur terrasse. Il s'interroge une seconde sur l'appel tardif de son frère, décroche, n'a pas le temps de dire quoi que ce soit, Robin dégaine, il ne le dérangera pas longtemps, mais c'est maintenant qu'il souhaite en parler, ou plutôt il souhaite lui lire les lignes qu'il vient d'écrire pour elle.

Une partie de moi est morte avec toi, je t'ai sentie bouger, j'ai même entendu ton hoquet une fois, oui je suis sûr que c'était toi, j'ai vu ton petit pied appuyer contre le ventre de ta mère pour me montrer que tu étais là, je t'ai acheté des bodys et un doudou, je t'ai imaginée marcher, danser, j'ai peint votre chambre en jaune, je t'ai dit que je t'aimais, je t'ai fredonné *Erdelezi*, la plus belle berceuse du monde, j'ai choisi ton prénom Mona, j'ai tenu fort la main de ta mère pendant qu'elle poussait et gardait pour elle ses souffrances, que ta sœur criait et t'attendait, ta mère a continué de pousser, et tu es sortie, sans un cri, je t'ai prise dans mes bras, emmitouflée, mais je n'ai pas entendu ton cœur, j'ai cessé de respirer à mon tour puis j'ai tenté tout ce que je savais, les massages, le bouche-à-bouche, les caresses, et je t'ai serrée, serrée si fort avant de te rendre à ta mère, à sa poitrine que tu n'as pas tétée. Elle t'a gardée des heures contre sa peau, muette, j'étais à vos côtés, muet, Jeanne endormie dans mes bras, je n'ai pas versé une larme, comment croire à ton corps froid ? Avions-nous été imprudents ? Quelles erreurs avions-nous commises ? Et quand ? Ce qui suit est si flou, les appels, le médecin, ces silhouettes qui allaient t'emmener. Nous avons dû nous séparer, nous venions juste de nous rencontrer, nos ventres sont restés vides, nos mains se sont mises à trembler, elles tremblent encore. Sur le livret de famille la date de ton décès est la même que celle de ta naissance, je t'ai regardée une dernière fois dormir dans ta boîte, je n'ai pas pu te dire au revoir sans t'avoir dit bonjour, ton prénom sur cette plaque, c'était absurde, je me suis enfermé dans la chambre, aucune larme, j'ai marché des jours entiers, toujours aucune larme, j'ai recommencé à vivre, à faire semblant de vivre.

Aujourd'hui, dix-sept ans après ton départ, je pleure enfin et je te dis au revoir, Mona, je suis ton père, je t'aime et je te laisse partir, tu n'as pas eu le temps d'être mon enfant, je sais maintenant que tu es mon ange et que c'est grâce à toi si je suis encore debout.

Robin se tait. Elvis aussi. Il voudrait parler, prodiguer des paroles réconfortantes, mais rien ne vient, c'est le corps qui dit : bouffées de chaleur, lèvres agitées, eau dans les pupilles. C'est l'émotion qui submerge et qui parvient à prononcer un : « Merci. » Robin répond : « Merci à toi. » Fin de l'appel.

Robin a quarante-sept ans. Robin laisse les flots jaillir. Robin se recroqueville et s'engouffre dans cette faille, s'y perd pour s'y retrouver, crie enfin, crie du plus fort qu'il peut, et tremble pour ne plus trembler. Ne plus avoir peur que la terre s'effondre. Être en accord avec cette révolution. Ne pas lutter contre. Se pardonner même si pas coupable. Croire au nouveau jour.

Robin est assis en tailleur sur son lit face à la fenêtre ouverte. Rectangle de lumière peint du vert des arbres et du bleu du ciel. Robin contemple ce tableau vivant, sa respiration est tranquille, son regard apaisé et il se dit que oui, le temps peut tout.

Robin a quarante-sept ans. Robin a séché ses larmes. Robin ne s'est jamais senti aussi vivant. Il descend les escaliers, passe par le salon, sort sur la terrasse et marche, marche dans le jardin, marche jusqu'au portail, marche jusqu'à la rivière, marche dans l'eau, marche sur le sable, marche sur le chemin, marche dans les ruelles, marche.

33

Le bal de Robin, Rosa, Suzanne, Jeanne, Alexandre et Mona

24 août 2018

Rosa a passé des heures avec Jeanne dans la cuisine, envahie par les odeurs et la musique. Envie de mitonner des poivrons à l'ail, de la tapenade, une quiche aux poireaux, un flan de courgettes, des feuilles de vigne farcies, de l'anchoïade, des feuilletés à la brandade, de la soupe de fraise, une tarte aux abricots. Légères et heureuses, affamées, excitées, rieuses, elles sortent du four le dernier plat. Une pissaladière. Robin s'est occupé des courses et de la préparation du punch, car ce soir ils font la fête. Une fête grandiose pour tous les quatre. Robin s'affaire tout en regardant sa belle parader. Suzanne est radieuse. De la lumière, enfin. Elle pose les nappes sur les tables, prépare les bougies, réunit quelques fleurs en bouquets et pique des bâtons d'encens dans les pots. Elle porte une longue tunique transparente. Elle chantonne.

Robin n'en revient pas de tant de beauté après tant de laideur. Le sang, le petit cercueil, le vacarme silencieux, les pleurs secs, la tumeur, les scalpels, les morsures dans l'abdomen, la sueur puant la frousse, les yeux vides, les désinfectants, les pansements, les vomissements, les crampes acérées, les masques, les corps étrangers, les mots étranglés, tout cela a pourtant bien existé. Mais les nuits ont su réparer les âmes fracassées, unir le soleil et la lune, faire clignoter les étoiles, écouter le vent pour que l'insupportable, petit à petit, devienne supportable. Pour que la vie, petit à petit, chasse la mort. Pour que les chairs redessinent des formes à aimer.

Sur le fauteuil près du mûrier, Le Chat fait des S avec sa queue et observe son monde. Il ronronne. Les effluves de la brandade l'émoustillent et il sent bien que quelque chose, dans la villa, a changé.

Il y a un bal sur la place du village. Sa rumeur vient jusqu'ici, joyeuse.

– C'est un nouveau DJ, s'enthousiasme Jeanne. C'est un copain de Raphaël qui mixe, ça va être vraiment cool et ça va changer des playlists ringardes de DJ Benny !

– Ringardes... Carrément ! relève Suzanne qui a envie de titiller sa fille.

– Ben oui ! Gold, Gilbert Montagné, Début de soirée, ça va cinq minutes !

– Tu ne peux pas comprendre... *Sous les sunlights des tropiques*, c'est mythique ! À chaque fois que je l'entends, je bondis, ce tempo, c'est...

– C'est ringard, poursuit Jeanne.

– Laisse tomber..., souffle Suzanne. Je dois être ringarde, comme tu dis, puisque ces musiques me procurent une joie intense.

– Rien que ça ? Eh bien, ce soir, allons au bal, et tu verras que les sons de mon époque peuvent être source de joie intense aussi.

– Je n'en doute pas ma belle, répond Suzanne dans un clin d'œil complice. En attendant, je vais te faire payer d'avoir dit du mal de DJ Benny !

Jeanne n'a pas le temps de réagir que sa mère est déjà sur elle. Elle la maintient sur le carrelage de la cuisine et la chatouille de toutes parts. Elles crient comme deux gamines et Rosa profite du spectacle. Elle aime quand les grands redeviennent des enfants. Elle aime quand le monde peint des pommes bleues sur des pommiers rouges. Quand l'endroit est à l'envers.

Le repas est une folie douce. Ils mangent avec les doigts, se resservent plusieurs fois, déclament des poèmes, parlent du potager, des crues de septembre, du projet de médiathèque, chantent des bouts de chansons, remuent sur leurs chaises. Rosa et Robin fument et boivent beaucoup. Ils sont saouls, et Suzanne remarque que cette ivresse leur va très bien. Robin semble avoir grossi d'un coup. Il prend beaucoup de place, s'exclame et rayonne. Heureux au milieu de ses dames. La peur n'est plus un poids agrippé à son dos, il peut se relever maintenant. Il est grand et fort, et elle, frayeur minable, petite vermine, rampe dans le noir jusqu'à l'étang et glisse dans l'eau trouble, traque la craquelure, la faiblesse, ne trouve rien et se noie.

Rosa a laissé son Leica dans sa housse et invite ainsi sa petite-fille à immortaliser cette soirée. Jeanne s'y applique et clique à tout va, ne demande pas la permission, fait des gros plans des visages radieux. Elle bloque le flash pour privilégier la lumière des guirlandes et des bougies. Il y aura quelques flous sur les photos. Elle préfère, c'est plus proche de la vraie vie.

Quelques éclairs, loin, allument le ciel par instants. Robin, subjugué par tant de beauté, monte sur la table. Debout sur la pierre taillée par son père, il attrape une des branches du mûrier. S'y suspend. Poursuit son ascension. Se redresse. Et, droit sur cette branche solide, lui tout aussi solide, se met à hurler comme un loup à la lune. Son cri est puissant. Suivi de mots, les mots de son père :

– Alcool. Musique. Hystérie. Sexe. Ivresse. Horizon. Liberté. Enfant. Envie. Soleil. Rire.

Suzanne est la première à répéter :
– Enfant !
Robin poursuit :
– Envie !
Et elles répètent :
– Envie !
Il :
– Soleil !
Elles :
– Soleil !
Il :
– Rire !
Elles :
– Rire !

Il et elles alternent, de plus en plus euphoriques : Poésie ! Voyage ! Baisers ! Magie ! Plaisir ! Vices ! Art ! Rêves ! Étreintes ! Chant ! Inconscience ! Foudre ! Sauvage !

Ils sont tous les quatre debout, foudroyés, fous tout court, conquis par la fièvre d'Alexandre. Alexandre qui est là, avec Mona et ses couettes sur ses épaules, ils gueulent avec eux parce que c'est comme ça qu'on dit, gueuler, parce qu'on défie les bonnes manières qui emprisonnent. Tellement bon de pousser sa voix pour qu'elle traverse la galaxie et qu'elle perce le temps. Salvateur de retrouver les fantômes parfois, de les défroquer, de leur enlever leur cape d'invisibilité, qu'ils soient là, même sans chair et sans os, même sans souffle ni battement de cœur parce que le cœur n'a pas besoin de secousses pour aimer. Alexandre est là et Rosa lui prend la main et Jeanne prend la main de Rosa et Robin prend la main de Jeanne et Suzanne prend la main de Robin et Mona prend la main de Suzanne. Ribambelle extatique pour famille survoltée. La peur est en train de se noyer, laissons-la crever, faisons une grande ronde, tout de suite, pas tout à l'heure, pas demain, tout de suite, serre mes doigts dans les tiens, plus fort, je n'ai pas mal, je te sens, comme tu me sens, oui, sentir avec la peau, avec les narines, renifle-moi, mon odeur, la mienne, la seule, respire, retiens et rappelle-toi, de moi, de nous, toute une vie dans un parfum, dans une étreinte, dansons, ribambelle, en avant, marche, vers la rumeur du bal, en file indienne, sans cowboy et sans flingue, simples et nus, les costumes et les masques au vestiaire, être soi, toi et moi, ensemble, marchons vers le bal où dansent les gens et les rêves des gens qui dansent, c'est une grande farandole, les corps se lâchent, les chaussures ne brident plus les pieds, liberté, libération, pour une minute, dix, une heure, une nuit, dansons, le bal est fait pour ça, pour délivrer les rages indicibles et éloigner les peurs des têtes cabossées, pour la transe, danse, dansons, Alexandre, Rosa, Robin, Jeanne, Suzanne et Mona, le tempo tape dans les tempes, obsédant, son hypnotique pour cage thoracique en mouvement, tous au bal, maintenant, Alexandre et sa troupe s'infiltrent dans la foule, des centaines de personnes de toutes les couleurs, des jupes, des jeans et des chemises, des joues rouges, des peaux humides, des auréoles partout, leurs corps avec les autres corps, tous illuminés, danseurs aux lignes vagabondes, aux gestes aériens, aux ports de tête royaux, aux regards puissants, et pour eux, rien que pour eux, parce qu'il faut des musiques à la hauteur des grands élans, capables d'accrocher des sourires aux becs des oiseaux, cette chanson parfaite, emportant avec elle Robin et les siens dans un tourbillon, avec du son, un son poussé au maximum dans les enceintes :

Today you hurt me
Gonna heal tomorrow

And if you leave me
I can do it solo
Today you hurt me
Gonna heal tomorrow
And if you leave me
*I can do it solo**

* Naive New Beaters & Izia – *Heal Tomorrow.*

Une photo (floue) qui existe

/clic/

Rosa, Jeanne, Robin et Suzanne,
pieds nus sur la terre de la place du village,
en train de sauter. Les bras en l'air.
Éclairés par deux rayons de soleil dans la nuit.

/clac/

34

Il est très tôt. Quelques minutes avant le lever du jour. Ligne rose fuchsia, orange, presque blanche sous tableau sombre. Pas un souffle d'air. La rivière est lisse par endroits, miroir céleste d'où émergent des rochers couverts de vase. Les grenouilles nagent entre les bouquets d'algues et se taisent. Instant volé dédié au silence du matin.

Suzanne et Robin sont assis dans le sable. Ils n'ont pas dormi de la nuit. Ils ont dansé jusqu'au bout de la fête puis, main dans la main, ils se sont échappés comme deux enfants mutins, furtivement, pour ne pas être vus, pour rester seuls au monde. C'est elle qui l'a entraîné. Entre les platanes de la place, derrière la buvette, vers le pont submersible. C'est lui qui l'a portée. Dans les galets, le long des peupliers, jusqu'à la plage face aux falaises. Ils se sont déshabillés, ils se sont baignés, ils se sont serrés, ils se sont allongés et ils ont parlé. Des heures. De toute cette vie. Leurs deux vies réunies. De son premier souvenir, de sa tortue à trois pattes, de son vélo avec les roulettes, de son père clown, de son père comptable, de sa mère vagabonde, de sa mère tristesse, de sa collection de pin's, de leur premier bal, de son voyage en Angleterre, de son premier solo, de ses parents morts en un instant, de tout ce temps sans eux, de ce fou rire dans cette boutique chic de la rue Mercière, de ce bouquet de fleurs fanées qu'il lui avait offert, du mariage d'Elvis, de cette journée à Manosque, de la naissance de leurs filles, des caprices de Jeanne, de son cartable en forme de marguerite, des photos de Rosa, des grandes tablées sous le mûrier, de ça, de ça, de ça, de tout ça. Et des adieux à ceux qui ne sont plus là. Aube nouvelle.

Le soleil est maintenant au-dessus des falaises et se reflète dans l'eau. Le jour se réveille. Les oiseaux perchés s'égayent, chœur intense, échos d'une nature sur le qui-vive, sans regard en arrière ni projection, ancrée dans l'éphémère, parce que rien ne dure.

Suzanne et Robin s'aiment sur cette plage. Ils ont la chair de poule alors qu'il fait déjà chaud. Une nuit blanche dans leurs pupilles, ils tanguent comme s'ils étaient saouls. Ils n'ont toujours pas sommeil. Tout est bien trop intense ce matin. Les paupières lourdes s'écarquillent. Ce n'est pas rien, cette brume à peine perceptible qui flotte au-dessus de la rivière. Ce n'est pas rien, ce vol de hérons. Ce castor qui plonge discrètement. Cette libellule, cette mésange, ce parfum de terre, ce calcaire, ces roseaux, ces papillons. Tout cela demande la plus grande des attentions. Des trésors par dizaines. Être simplement là, réceptif, déconnecté de toute sollicitation parasite. Respirer comme on n'a jamais respiré. Shoot matinal. C'est bon, extrêmement bon, ce n'est pas du chiqué, c'est du vrai, du cent pour cent. Robin se remplit de ces images, de ces sons, de ces odeurs. Il sent ses veines bouillonner et ses racines jaillir de toutes parts. Elles se déroulent telles des lianes pour animer chaque particule de vie. Elles captent l'essence de chaque chose et n'ont besoin d'aucun artifice. Tout est là, elles n'ont qu'à se servir. Et Robin, béat et immobile, se remplit.

Suzanne s'est levée. Envie de prendre un peu de hauteur, de voir ce qu'il y a après l'immobilité. Elle fait quelques pas et se met à bouger. Doucement, pour ne pas déranger et se fondre dans ce spectacle majestueux. Suzanne ondule sur la pointe de ses pieds, équilibre maîtrisé, elle ondule, Robin contemple ses mamelons, son pubis sombre de femme brune, sa cambrure, ses bras fins. Suzanne se déhanche tendrement, sa peau brille et répond au soleil. Suzanne fait encore quelques pas, s'arrête devant Robin, s'accroupit pour être à sa hauteur. Elle caresse tendrement la ligne sur son torse, de moins en moins rouge, de moins en moins cicatrice, de plus en plus balafre de corsaire ou Z de Zorro. Tatouage rituel pour droit de passage. Votre nouvelle vie commence ici.

35

Fin d'un été à la Villa des Ronces.

Il fait nuit. Jeanne est assise sur sa valise et jauge le tas de vêtements qu'il reste encore à mettre dedans. Ça ne rentrera pas alors qu'à l'aller tout était à l'intérieur. Ce n'est pas grave, elle piquera un sac Ikea pour mettre le surplus. Elle se sent bizarre aujourd'hui, toute sa bande est partie et demain matin ce sera elle. Ils ont promis de s'appeler avec Raphaël et de se voir pour les prochaines vacances scolaires. Même si elle pense déjà à Tom, qu'elle retrouve à la rentrée et qui lui a envoyé un snap hier. Elle croyait qu'il n'en avait plus rien à faire d'elle, mais son message semble dire le contraire. Jeanne a dit au revoir à Sonia ce matin. Elles se sont embrassées sans amertume, sachant toutes les deux que leur lien avait changé. Elles ne sont plus les gamines d'avant et, les cordes à sauter et les élastiques étant au grenier, elles n'ont plus grand-chose à partager. Jeanne est rentrée en traînant des pieds comme pour laisser une trace sur leur chemin.

Jeanne remplit sa pochette à bijoux et cherche sa bague en argent. Elle retourne toute sa trousse de toilette avant de se rappeler qu'elle l'a prêtée à Émilie. Elle la lui rendra à Lyon, au stage de danse qu'elles ont prévu de faire à la Manufacture. Jeanne s'apprête à remballer son appareil photo mais se ravise. Une dernière avant de partir. Elle passe la lanière autour de son cou et descend.

En bas, tout est calme. Les sacs à moitié faits sont entassés dans l'entrée et ils sont tous les trois dehors autour de la table en pierre. Robin allume une cigarette avec la bougie et écoute avec admiration Rosa qui raconte le désert en 2CV et Alexandre en échasses sur les dunes avec une ombrelle. Jeanne sort sur la terrasse, maladroite, émue par le départ, par cet été qui se termine.

– Une dernière photo ! crie-t-elle pour attirer leur attention.

Ils se taisent et la voient, grande petite fille, jeune femme, s'avancer jusqu'à eux. Suzanne joue le jeu, se lève sans précipitation et va prendre la pose contre le tronc du mûrier centenaire comme le ferait un modèle d'Helmut Newton. Robin les regarde, regarde sa mère, les regarde vraiment, et l'émotion l'envahit, il entend les voix de chacune d'elles, autant de caresses, se dit qu'il a beaucoup de chance, les regarde encore, elles sont bien là, ce moment existe. Avant il aurait sûrement dit qu'elles étaient belles, mais ce n'est pas cela, ce n'est pas de beauté qu'il s'agit, c'est bien au-delà du visible, c'est bien plus grand. Aucun mot. Alors il se tait. Le temps de savourer. De se laisser transporter. Envahir. Par cette vague. Écume d'une vie, tissée de tant de fils, de tant de visages. Rêve éveillé sans mirage où les corps et les coups redessinent les frontières sans cesse. Alors ne plus s'encombrer et se tenir droit. Robin les regarde toujours, pense à son père et sa moustache, son thorax se gonfle, ballon rempli de milliers de jours ici et, dans un souffle, annonce :

– Il est grand temps de dire au revoir à Alexandre !

Robin dit cela avec emphase, pour que ce trop l'aide à prononcer l'imprononçable. Tout se fige. Rosa, Suzanne et Jeanne ne respirent plus. Elles reçoivent ses mots, profitent d'une apnée pour les repousser puis reprennent leur respiration et comprennent que la dernière page se tourne. Les règles du jeu concernant Alexandre ont toujours été confuses et personne ne sait vraiment comment clore la partie. Le silence patiente. Attend que les cœurs cessent leur tapage et soient prêts à lancer l'ultime coup de dé. Salive épaisse difficile à déglutir. Tout est calme. Rosa se redresse, sait qu'elle doit parler et se lance :

– Chaque participant a cinq minutes pour emporter tout ce qu'il souhaite d'Alexandre. La porte de sa tanière restera ouverte cinq minutes, pas une de plus !

– Et… après ? demande Jeanne, inquiète.

Rosa prend un temps infini et, réunissant tout ce qu'elle a d'ardeur et de paillettes, répond avec assurance :

– Après, nous ferons un feu de joie, mes amours ! Alexandre voulait jouer, alors jouons !

Cinq, quatre, trois, deux, un, zéro ! Le compte à rebours commence et la ruée avec. Course. Main sur l'interrupteur pour habiller de lumière la caverne du Grand Alexandre. La piste du saltimbanque est vaste et regorge de précieuses reliques. Tout est important, tout est lui, et il faut pourtant faire un choix. Celui de l'instinct, celui du souvenir gravé, du parfum, du lien.

– Ce dessin, il l'a fait quand j'avais cinq ans et qu'il me manquait les dents de devant.

– Cette écharpe, il la portait le jour où Elvis a fait ses premiers pas.

– Il m'a écrit des lettres enflammées avec ce stylo.

– Il mettait toujours ce chapeau quand il venait me raconter des histoires dans mon lit.

– Cette tasse, il y buvait son café chaque matin.

– Il m'a fait faire des pas chassés avec cet accordéon.

– Cette louche toute tordue avec laquelle il déclamait ses poèmes.

– Ce couvercle percé qu'il prenait pour un bouclier lors de nos combats de cape sans épée.

– Cette photo avec moi, enceinte de Mona et toi.

Ses boutons de manchette. Sa veste rouge. Son cintre en bois de hêtre. Ses haltères bossus. Son miroir. Ses faux nez. Ses pinceaux. Ses cahiers. Son éventail. Sa salopette. Son cartable. Ses santiags blanches.

Les mains prennent. Tout ce qu'elles peuvent. Tout ce qui les unit à lui. Pour qu'un fil perdure. Le chronomètre avance, implacable. Dernière minute. Un tas dans l'herbe, bricoles et babioles si chères. Du tout et du rien d'une grande valeur. Dernières secondes. Derniers pas. La porte se referme. Ils sont tous les quatre. Droits. Sages. Alignés. Devant le temple d'Alexandre, cette cabane de traviole faite de planches, de plastique et de tôle, avec des trous et des toiles d'araignées.

Rosa marche vers la maison. Les autres ne bougent pas et contemplent le palais. Rosa est dans le salon, elle fouille la caisse près de la cheminée, trouve de l'allume-feu et des briquets. Elle passe la porte, mais se ravise et retourne dans le salon. Elle s'accroupit devant le tourne-disque, cherche dans la pile de vinyles, trouve et pose l'objet convoité sur la platine. Elle sort les enceintes, pousse le volume au maximum, et le diamant s'occupe du reste. Quelques notes de piano viennent réconforter l'obscurité. Puis la voix de Lou Reed, chaude :

It must be nice to disappear
To have a vanishing act
To always be looking forward

*And never looking back…**

Rosa les a rejoints. Chacun prend un briquet, des larmes invisibles sous les peaux. Allumage d'étincelles pour alimenter le grand brasier. Les papiers, les tissus, les empreintes, les taches d'encre, les traces, les toiles, les draps froissés, les souliers s'embrasent et Alexandre avec. Le feu devient immense et s'empare de la nuit et des yeux désolés. Ses jaunes, ses rouges, ses bleus et sa fumée colorent les plis attristés et les transforment en sourires conquis et conquérants. Les spectateurs quittent leurs statues de pierre et redeviennent mouvements. Mouvements libres incandescents. Reconnaissants. Rosa et les siens font quelques pas en arrière avec leurs objets dans les bras. Ils font un nouveau tas et s'asseyent, illuminés par l'incendie d'Alexandre.

Robin reste debout et, devant le feu de joie, offre ces derniers vers à son père :

Je voudrais pas mourir
Sans qu'on ait inventé
Les roses éternelles
La journée de deux heures
La mer à la montagne
La montagne à la mer
La fin de la douleur
Les journaux en couleur
Tous les enfants contents
Et tant de trucs encore
Qui dorment dans les crânes

* Lou Reed – *Vanishing Act.*

Des géniaux ingénieurs
Des jardiniers joviaux
Des soucieux socialistes
Des urbains urbanistes
Et des pensifs penseurs
Tant de choses à voir
À voir et à z-entendre
Tant de temps à attendre
*À chercher dans le noir**

* Extrait de *Je voudrais pas crever* de Boris Vian.

Prolongez *Le Bal*
en dansant sur la playlist
de Robin, Suzanne, Jeanne et Rosa.

Téléchargez l'application *lisez!*, scannez cette page
et laissez-vous emporter !

Bande-originale du *Bal*
(au fil du texte) :
Technotronic – *Pump Up The Jam*
Black Box – *Ride on Time*
UB40 – *Red Red Wine*
Patrick Bruel – *Casser la voix*
Claude François – *Alexandrie, Alexandra*
INXS – *Suicide Blonde*
Madonna – *Vogue*
Scorpions – *Wind of Change*
David Bowie – *Let's dance*, *China girl*, *Modern love*
Queen – *Don't stop me now*
Maria Callas – *Ave Maria*
Joan Baez – *Diamonds and Rust*
Orelsan & Stromae – *La Pluie*
Arno – *Les Yeux de ma mère*
Lomepal – *Trop beau*
Boris Vian – *Le Déserteur*
Jacques Hélian – *Milord*, *Salade de fruits*,
Itsi bitsi petit bikini, *Twist twist baby*
Janis Joplin – *Mercedes Benz*
Patti Smith – *Easter*
Goran Bregović – *Ederlezi*
Naive New Beaters & Izia – *Heal Tomorrow*
Lou Reed – *Vanishing Act*

Dans ces morceaux, l'inspiration de Diane Peylin

Ólafur Arnalds – *Re:member*
Jean-Michel Blais – *Nostos*
Jacob Bellens – *Untouchable*
Camille – *Seeds*
Charlie Cunningham – *Lights Off*
Eefje de Visser – *Scheef*
Nils Frahm – *Them*
Richard Galliano – *Opale Concerto : II. Moderato malinconico*
Philip Glass / Lisa Moore – *Mad Rush*
Solomon Grey – *Glas / Green*
Aldous Harding – *Horizon*
Murray Head – *Say It Ain't So Joe*
Christian Löffler – *Nil*
Kevin Morby – *Harlem River*
Napkey – *Rebirth*
Akira Kosemura – *Kaleidoscope of Happiness*
Marissa Nadler – *I Can't Listen to Gene Clark Anymore*
Dustin O'Halloran – *An Ending, a Beginning*
Guillaume Poncelet – *Morning Roots*
Lou Reed – *Vanishing Act*
Ryuichi Sakamoto – *Merry Christmas Mr. Lawrence*
RY X – *YaYaYa*
Sufjan Stevens – *Visions of Gideon*
Tuvaband – *Unknown*

Retrouvez l'auteure sur :

dianepeylin.wixsite.com | www.ateliers-ecriture.net
peylin.diane | @diane_peylin

Remerciements

Je remercie Héloïse d'Ormesson pour ses yeux brillants répondant aux miens.

Roxane Defer pour ses lectures parfaites, aiguisant mes mots et leur donnant plus de voix.

Ma mère, Babette, ma première lectrice. Essentielle. Et avec elle, mes soeurs et mon père. Ma famille d'exception, exaltée sur tous les dancefloors, jusqu'au bout de la nuit.

Ce livre n'aurait pas existé sans le calcaire, les cades, les chênes, les grillons, le romarin, les bals, la rivière, les galets, les grenouilles. Mon Ardèche... Sa berceuse, depuis mes premières heures.

Enfin, je pense à Norah, Diego et Stéphane, mes amours, qui permettent à mon cœur de battre la chamade.

Conception graphique et réalisation
Anne-Marie Bourgeois/m87design
Fonds de pages : ©2006 Masterpiece Inc. + Ac2

Achevé d'imprimer par
Normandie Roto Impression s.a.s.
61250 Lonrai,
en mars 2021.

Dépôt légal : avril 2021.
Numéro d'imprimeur : 2101137

Édition n°1